AUGUSTIN DE VALFLEURY

AUGUSTIN DE VALFLEURY

OU

AVANT, PENDANT ET APRÈS

PAR

GUSTAVE AUBRY

LIMOGES

BARBOU FRÈRES, IMPRIMEURS-LIBRAIRES.

PREMIÈRE PARTIE

AVANT

I

PREMIÈRE ENFANCE

Je vous invite, ami lecteur, à pénétrer avec moi dans une de ces maisons à l'aspect propre et silencieux qu'offrent presque toutes les habitations du faubourg Saint-Germain. La demeure où je vous conduis, située rue de Verneuil, est habitée par plusieurs familles de la vieille noblesse. Si nous pénétrons dans l'appartement du deuxième étage, nous remarquerons tout d'abord une propreté admirable. Tout l'ameublement est d'une richesse réelle, mais le bon goût et la simplicité ont présidé à l'ornementation de cette demeure. Dans un petit salon, une jeune dame allaite son enfant ; ses yeux maternels sont fixés sur ce petit être si cher à son cœur. Cet enfant qu'elle contemple avec tant d'amour, c'est son bien, c'est son trésor. Elle semble voir en lui les traits de celui qui possède toutes ses affections, et à qui elle a donné tout son cœur. Madame la comtesse de Valfleury était une de ces personnes dont les heureuses qualités de l'esprit et du cœur étaient si rares déjà au dix-huitième siècle. Ses beaux yeux inspiraient à tous la retenue et la modestie. Son maintien était grave, et la douceur de sa voix donnait un charme particulier à toutes ses paroles. Jamais pour elle de ces conversations frivoles où la médisance a une si large part. Madame de Valfleury était vertueuse par habitude, mais surtout par principes.

Fille unique du marquis de Pierrefontaine, elle avait reçu une éducation soignée. On la confia, presque dès son enfance, aux dames du Sacré-Cœur qui, remarquant en elle une intelligence précoce, s'appliquèrent avec soin à développer ces heureuses dispositions. Ce fut là qu'Eugénie de Pierrefontaine put former sa belle intelligence et son noble cœur, et acquérir les convictions solides qui font de la femme chrétienne un trésor inépuisable de vertus et qui la rendent si utile à la société. La jeune Eugénie était donc animée d'une foi ardente et d'un cœur généreusement dévoué au service de son Dieu.

Elle avait accompli sa vingtième année, et elle était déjà cette femme forte dont parle l'Ecriture. On pouvait dire de cette jeune personne qu'elle serait le modèle des épouses et des mères de famille. Bien des partis s'étaient présentés ; une foule de jeunes gens, parmi lesquels il s'en trouvait de foncièrement vertueux, avaient brigué l'honneur d'obtenir sa main. Mais toutes ces intrigues lui avaient déplu, et elle avait toujours rejeté avec fierté les prétentions de cette nature. Mais elle fut donnée en mariage au jeune comte de Valfleury, son cousin, qu'elle avait si tendrement aimé et pour lequel elle avait si longtemps souffert. Qu'il me soit permis de dire ici comment cette affection s'est formée, et comment elle a pu aboutir à l'union de deux cœurs si bien faits l'un pour l'autre.

Paul de Valfleury, qui dès le plus jeune âge avait montré une intelligence hors ligne, un cœur excellent, fit de rapides progrès sous les yeux de son père dans les premiers éléments des sciences et des lettres. Sa pieuse mère, comprenant toute l'influence qu'une éducation chrétienne peut exercer sur l'avenir d'un jeune homme, ne négligea rien pour développer le germe des vertus qu'elle avait distinguées dans le cœur de son fils, et put voir avec un bonheur incomparable que cet enfant marchait à grands pas dans les voies du bien. Ainsi préparé, il n'avait plus qu'à compléter cette première éducation. Placé au collège royal de Besançon, il n'était pas pour cela exclu entièrement de la vie de famille. Dix lieues le séparaient de ses chers parents; il venait néanmoins plusieurs fois dans l'année et surtout à l'époque des vacances, se rasseoir au foyer domestique. Le château de M. de Valfleury n'était pas éloigné de Pierrefontaine qu'habitait son beau-frère. Les deux familles étaient en bonnes relations. Ce fut pendant ces jours de vacances que Paul et Eugénie ont vu leur mutuelle affection se former et grandir par l'estime qu'ils avaient l'un pour l'autre. Chaque année, à la fin des vacances, ils partaient le cœur bien serré. Passer une année sans se voir, c'était bien dur! mais il le fallait, et tous d'eux n'hésitaient pas à se conformer à la volonté de Dieu. Paul se livrait avec ardeur à l'étude, et ne manquait pas, chaque année, de cueillir de nombreux lauriers.

En 1766, Paul revint au château de son père au mois d'août. Il avait obtenu le succès le plus complet en terminant son cours d'humanité, et fut reçu avec un orgueil bien légitime par ses parents qui fondaient sur lui les plus grandes espérances. Il revit, après dix mois de séparation, sa chère Eugénie qui venait de quitter le Sacré-Cœur pour ne plus y retourner. Ils passè-

rent ainsi deux mois au sein de leur famille, incertains de l'a-
venir, et redoutant une longue et cruelle absence. Paul ne devait pas interrompre le cours de ses études, et il prévoyait que
son père l'enverrait étudier à Paris. Un soir du mois de septembre, M. de Valfleury appela son fils, et, seul avec lui, lui
tint ce discours. « Vous avez répondu pleinement aux soins
que nous vous avons donnés, et vous venez d'achever avec succès le cours de vos humanités. Il s'agit de continuer et de vous
ouvrir une carrière. J'ai pensé qu'à Paris vous trouveriez des
hommes éclairés, qui façonneront votre intelligence et vous ai-
deront à marcher dans la carrière où vous allez entrer. Vous
paraissez apte au barreau. Je désire donc que vous alliez dans
la capitale étudier le droit, convaincu que vous puiserez là toutes les connaissances qui feront de vous un homme utile à vos
semblables. Vous partirez sans retard, dans quelques semaines. » Paul n'ajouta rien aux paroles de son père. Il le respectait trop pour soulever la moindre objection. D'ailleurs M. de
Valfleury entrait dans ses vues, car il désirait lui-même se faire
un nom dans le barreau.

Dès lors ses conversations avec sa jeune parente devinrent
plus intimes. Ils se jurèrent une fidélité inviolable. Souffrons,
se disaient-ils souvent, supportons avec résignation l'épreuve
que le ciel nous envoie, elle sera longue, mais elle aura une
fin, et Dieu, après l'épreuve, nous donnera la récompense.
Les voilà fiancés, c'en est fait, rien ne séparera leurs cœurs ;
ils sont unis pour toujours.

Mais le cruel moment approchait ; Paul devenait soucieux,
triste ; Eugénie ne pouvait retenir ses sanglots. Le jour du
départ, M. de Valfleury dit à son fils : « Je n'hésite pas à vous
envoyer dans cette ville qui est le centre du mal, et où tous les
vices ont en quelque sorte des autels. Je n'hésite pas à vous
exposer au plus grand danger, car il est nécessaire que vous

voyiez le mal de près, que vous mettiez le doigt dans la plaie pour que vous puissiez acquérir cette expérience sans laquelle vous ne seriez jamais un homme complet. Les principes dans lesquels vous avez été élevé, l'énergie de caractère dont vous n'avez cessé de faire preuve jusqu'à ce jour, votre foi vive et ardente vous garantiront d'une chute presque inévitable pour la plupart des jeunes gens. Allez, mon fils, et continuez à vivre d'une vie vraiment chrétienne, loin des mauvaises sociétés. Sachez garder le précieux dépôt de la foi, et ne fréquentez que des hommes selon le cœur de Dieu. Inutile de vous mettre en garde contre les écrits sans fondement, sans solidité ; vous les avez depuis longtemps condamnés. Et puis, mon fils, conservez bien au fond de votre cœur cette affection que vous avez jurée à votre cousine. Elle est bien digne de devenir votre épouse ; songez souvent à elle, ce sera pour vous un soulagement et une consolation dans vos peines. L'épreuve n'aura qu'un temps, et, croyez-moi, plus vous aurez souffert et plus votre bonheur sera parfait. Apportez toute votre application aux études que vous allez commencer, car elles seront la base, la pierre fondamentale de l'édifice de votre avenir. Partez, mon fils, et revenez aux prochaines vacances toujours bon, toujours pieux. C'est ainsi que vous apporterez la joie au sein de votre famille, et que vous rendrez heureux tous ceux qui vous aiment. »

Paul, après ces paroles, se sentit soulagé. Son départ, dès ce moment, eut pour lui moins d'amertume, car son frère venait d'approuver hautement son affection pour Eugénie. Il fallut enfin quitter sa famille et sa chère fiancée. Dans un dernier entretien, ils renouvelèrent leurs serments, s'encouragèrent à supporter patiemment une si longue épreuve, et ils se séparèrent le cœur déchiré.

Huit jours après, Paul était à Paris. Son père lui avait remis des lettres, afin qu'il pût se présenter chez plusieurs amis de la famille. Le comte de K... le reçut avec les marques de la plus tendre affection, et voulut qu'il logeât chez lui et qu'il y prit ses repas. Il fut dès-lors considéré comme un enfant de la maison. Le jeune Paul se conduisit à Paris comme au collége de Besançon. Il devint le modèle de tous les étudiants et sut conquérir une des premières places à l'Ecole de Droit. Chaque année il revenait à Valfleury passer le temps des vacances. Rien en lui n'était changé, toujours le même caractère ferme mais doux ; toujours la même gaieté innocente, mais on remarquait en lui plus d'expérience et plus de maturité. Il passait des jours heureux en compagnie d'Eugénie. Que de douces consolations avec sa fiancée ! Quels moments délicieux ! Comme la vertu rehaussait le charme de cette tendre affection !

Enfin Paul termina sa dernière année de droit par le plus beau succès qu'on puisse imaginer. Il fut reçu avec les meilleures notes aux examens qu'il dut subir, et soutint avec éclat la thèse qui lui valut le titre de docteur. Sa famille l'accueillit avec une noble fierté. La jeune fille du marquis de Pierrefontaine en versa des larmes d'attendrissement. L'épreuve allait avoir sa fin ; Dieu était content d'un si long sacrifice. On résolut donc d'unir deux cœurs qui avaient su s'aimer au milieu de la douleur. Le marquis voyant dans son neveu un jeune homme sérieux, instruit, intelligent, et reconnaissant en lui toutes les qualités qui font l'homme de bien, s'empressa de satisfaire au désir de sa fille unique et de l'unir à son fiancé, persuadé qu'en agissant ainsi il accomplissait la volonté de Dieu.

Enfin arriva ce jour tant désiré par Paul et Eugénie. Le mariage fut célébré avec la plus grande pompe. Un spectacle bien touchant vint ajouter à la beauté de cette fête. On vit les habitants de la contrée sujets des deux familles, bénir les jeunes époux et prier pour leur bonheur. Les pauvres surtout, qu'ils avaient tant de fois secourus, dans les chaumières desquels ils avaient si souvent porté leurs pas, accouraient en foule et imploraient le ciel en leur faveur. Heureux époux, quel cortége plus brillant auriez-vous pu désirer?

Paul et sa jeune épouse vinrent s'étab'ir à Paris dans la maison dont nous avons parlé au commencement de ce chapitre. M. de Valfleury ne tarda pas à devenir un des avocats les plus célèbres du barreau de Paris. Eugénie vivait heureuse avec celui pour lequel elle avait tant souffert et écarté tant d'adorateurs. Dieu ne tarda pas à leur donner ce qu'ils désiraient par dessus tout, un gage de leur amour. Dès le sein de sa mère, cet enfant fut consacré à Dieu. Au mois de mai 1772, la jeune comtesse mit au monde son premier-né. C'est lui qu'elle allaitait dans un coin du salon, et en qui elle voyait les traits de son cher époux. Comme elle prenait soin de lui! Elle ne voulut pas qu'un lait étranger nourrît cet enfant de prédilection. Elle était mère et voulut l'être entièrement. Paul le comblait de caresses, le prenait souvent dans ses bras. Qu'il était fier déjì de son fils! Heureux père! mais plus heureux encore si vous aviez pu voir dans l'avenir la noble carrière que ce fils si cher devait parcourir.

Ils s'appliquèrent l'un et l'autre à rendre cet enfant digne de Dieu, car ils pressentaient que la Providence ayant agréé leur offrande, le destinérait à de grandes choses. A peine sut-il bégayer le nom de ses parents, qu'ils lui apprirent à prononcer celui de Dieu. Dès le berceau, il montrait déjà ce qu'il deviendrait un jour. Cependant on remarquait en lui un défaut qui, n'étant pas combattu, conduit les hommes aux dernières extrémités, mais qui, lorsqu'on parvient à le dompter, fait de nous de véritables héros. Je veux dire la colère. Les jeunes époux unirent leurs efforts pour réprimer dans leur cher Augustin, c'était le nom qu'ils lui avaient donné sur les fonts du baptême, les premières apparences de ce mal, et, à force de patience, ils parvinrent à le diminuer. Il était réservé à cet enfant béni d'en extraire jusqu'à la dernière racine, par une fermeté inébranlable et par la pratique des vertus. Il eut le bonheur d'être dirigé à un âge encore si tendre, par des parents vertueux qui avaient su comprendre que la véritable affection d'un père ou d'une mère pour leurs enfants ne consistait pas dans les caresses prodiguées sans raison. Il faut reconnaître que la plupart des parents, bien intentionnés d'ailleurs, et pleins d'affection pour leurs enfants, se rendent esclaves de leurs jeunes passions en condescendant à tous leurs désirs. Quand ils voient germer en eux de petits défauts qui, plus tard, seront des vices insurmontables, ils les développent plutôt que de les détruire, prétextant que ces défauts sont de petites gentillesses. Ils ne savent pas, les malheureux, qu'ils perdent leurs enfants. Quand ils s'apercevront de l'existence du mal, ils chercheront à l'extirper, mais il n'en sera plus temps, et ils pourront s'accuser d'avoir été la cause de la perdition de ceux qu'ils auraient dû conduire dans les sentiers de la vertu. Pauvres parents ! Heureux encore si ceux à qui vous avez donné le jour, dès qu'ils sentiront qu'ils n'ont plus besoin de vous, ne s'éloignent pas de la maison paternelle, et ne viennent pas insulter à votre malheur et déshonorer votre vieillesse. Bien plus prudents ont été M. et madame de Valfleury. Remplis pour leur premier-né d'une affection peu commune, ils crurent, en fidèles chrétiens, devoir détruire à quelque prix que ce fût, dans Augustin, les germes de ces petits défauts qui paraissent d'ordinaire chez les enfants, et qui ne tardent pas, si on n'y prête attention, à prendre de grands développements. C'est ainsi qu'ils purent, comme Joseph et Marie, voir grandir en âge et en sagesse ce fils que Dieu avait accordé à leurs ferventes prières, et qu'ils purent dire comme autrefois le vieillard Siméon : Cet enfant sera la lumière des hommes.

Le petit Augustin venait à peine d'atteindre sa cinquième année, lorsque Eugénie mit au monde un second fils, auquel on donna le nom d'Emile. Il parut dès son plus jeune âge plus enclin au mal que son frère. D'une nature moins heureuse, il inspirait les plus vives craintes pour l'avenir à ses parents qui mirent tout en œuvre pour implanter dans son jeune cœur la semence des vertus chrétiennes. Dieu veuille, parents dévoués et pleins de foi, que vos craintes n'aient aucun fondement. Vous obtiendrez du ciel que cet enfant, si porté au mal, ne soit pas pour vous un sujet de douleur.

Les voilà donc, ces chers époux, au milieu de leur famille. Dieu avait béni leur union et leur donnait encore tous les jours des marques de tendresse, car leurs enfants leur causaient une joie réelle, un bonheur incomparable, sans excepter celui en qui ils avaient remarqué de si dangereux penchants. Comment en eût-il été autrement ? Ils les élevaient avec tant de soin et de sollicitude. C'est ainsi qu'ils passèrent les premières années de leur union. Paul se couvrait de gloire au barreau, mais ses nombreuses occupations ne l'empêchaient pas de venir prendre part au foyer, de converser avec sa tendre et vertueuse épouse, et de veiller à la première éducation de ses enfants. Ils menaient une vie des plus tranquilles ; leurs relations étaient peu nombreuses, pour ne pas dire nulles. On ne manquait pas de critiquer hautement leur manière de vivre ; mais peu leur importait. Ils se trouvaient plus heureux dans la solitude qu'au milieu du bruit et de l'agitation du siècle. La vie de famille a quelque chose de si délicieux et de si suave. C'est dans ce petit appartement que nous connaissons que, vivant retirés, ils passèrent ensemble dans leur mutuelle affection des jours tranquilles et exempts d'amertume.

II

LA FAMILLE

M. de Valfleury, dont la gloire allait toujours croissant, fut mandé à Lyon pour plaider une cause célèbre. Lui seul, pensait-on, pouvait mener à bonne fin un procès d'une si grande importance. Comment dépeindre la tristesse d'Eugénie quand elle vit son époux partir au loin, exposé aux dangers d'un long voyage? Paul se séparait momentanément de son épouse, avec les sentiments de la plus profonde douleur. Il hésita longtemps, mais il s'agissait du bien de la relig on. Il partit donc, pour plaire à celui qui n'avait cessé jusqu'alors de le combler de ses bienfaits. Plein de cet esprit de foi, il voulut défendre un religieux indignement calomnié et accusé d'un crime énorme con-

tre les mœurs. L'esprit révolutionnaire commençait à s'introduire dans la société. Ce souffle pervers passait sur tous les
points de la France, et les doctrines subversies des philosophes allumaient ce vaste incendie qui a fait tant de ruines dans
notre patrie, et qui, après trois quarts de siècle, n'est pas encore
éteint.

M. de Valfleury, en partant, serra bien fort son épouse sur
son cœur et embrassa tendrement ses enfants, surtout ce fils
chéri dont il faisait l'éducation avec tant de sollicitude et qui
répondait si parfaitement à ses soins. Cette scène de douleur
frappa tellement la jeune imagination de cet enfant que, fondant en larmes : « Mon père, dit-il, ne restez pas longtemps,
voyez comme maman pleure ; tant que vous serez parti, je
serai bien sage et bien obéissant, afin qu'elle soit consolée. Ne
tardez pas à revenir, car maman serait bientôt morte. » Le
comte ne put s'empêcher de verser un torrent de larmes, lorsqu'il entendit de telles paroles sortir de la bouche d'un enfant
qui n'avait pas sept ans. Son fils venait de dévoiler tout son
cœur, tous les sentiments de la délicatesse la plus pure, de
l'affection la plus tendre. Il résolut dès-lors de s'occuper uniquement, à son retour, de l'éducation de cet enfant de prédilection, et de quitter une carrière où il ne rencontrait qu'une
gloire fausse et mondaine.

Il commença donc ce voyage en promettant à son épouse
qu'il renoncerait définitivement, après ce procès, à la carrère
qu'il suivait avec tant de succès, et qu'il serait désormais tout
à sa famille. Huit jours après, il arrivait dans l'ancienne capitale des Gaules. La ville de Lyon retentissait du bruit de ce
scandale. Les méchants en profitaient pour insulter à notre religion, avec cet esprit de mépris et de raillerie introduit par ce
fameux philosophe à qui on ose en quelque sorte élever des
temples. Les gens de bien, dont la saine raison s'était tenue en

garde contre les maximes du temps, attendaient avec anxiété l'issue de ces grands débats, et demandaient à Dieu que la lumière se fît et que la vérité apparût dans tout son éclat.

Telles étaient les dispositions des esprits lorsque arriva M. de Valfleury. Sa réputation l'avait précédé. On s'entretenait partout de la puissance de son organe, de la logique de son argumentation et de la pureté de son style. On vantait surtout la régularité de ses mœurs et son zèle ardent pour la religion et la gloire de Dieu.

L'archevêque le fit venir auprès de lui, et le pria de ne rien négliger pour montrer aux yeux de tous l'innocence de l'accusé et confondre les ennemis de Dieu. Le procès s'instruisit rapidement, et le jour des débats fut annoncé dans toute la ville. La foule envahit la salle des séances au jour indiqué ; les uns pour assister à la défaite de la religion, les autres pour jouir de son triomphe. Après les interrogations d'usage, un avocat lyonnais, grand amateur de Voltaire, s'efforça, par des railleries plutôt que par des arguments solides, de tourner l'église en dérision. Les méchants d'applaudir et de se croire victorieux.

Mais, le lendemain, M. de Valfleury prit la parole, et, dans un discours précis et nerveux, il confondit ses adversaires. Il serra tellement son argumentation, et la vérité devint si évidente, que les juges proclamèrent à l'unanimité l'innocence du religieux. Ses accusateurs furent condamnés et jetés en prison.

Le bruit de cet éclatant succès ne tarda pas à se répandre dans toute la France, et M. de Valfleury fut assailli de félicitations. Il écrivit à Eugénie que, sa mission étant terminée, il allait reprendre le chemin de la capitale malgré les instances de l'archevêque et des autorités locales, qui voulaient le retenir quelque temps au milieu d'eux. Mais rien ne put le retenir ; il était absent depuis six semaines et il avait hâte de revoir son épouse et ses chers enfants.

Un matin, c'était au mois de septembre, il frappe à la porte de l'appartement occupé par sa famille. Le petit Augustin se jette dans ses bras : « Que vous faites bien de venir, mon père, maman ne pouvait supporter plus longtemps votre absence. Elle est malade et ne peut sortir du lit ; venez vite, et elle sera guérie. » Et le pauvre enfant, pleurant de joie, conduisit son père vers le lit d'Eugénie. O surprise ! cher époux, vous n'étiez pas attendu sitôt, et celle qui vous aime tant languissait loin de vous. A la vue de Paul, madame de Valfleury faillit s'évanouir ; mais, revenant à elle, elle se sentit sur le cœur de son époux. Quel bonheur ! Ils se tinrent ainsi longtemps dans les bras l'un de l'autre. Le beau visage d'Eugénie se ranima bientôt, et elle ne souffrit plus du mal qui la desséchait. Son époux n'était-il pas auprès d'elle ? Le petit Augustin, bondissant de joie, rompit le premier le silence. « Ne vous l'avais-je pas dit, mon père, que maman serait guérie ? » A ces paroles, les deux époux versèrent des larmes d'attendrissement. Ils s'entretinrent longtemps de la douleur que leur avait causée cette cruelle separation, et Eugénie raconta à son tendre époux comment leur fils avait été sa seule consolation. Pendant tout le temps que son père fut absent, fidèle à la promesse qu'il lui avait faite, il fut sage, obéissant ; sacrifiant ses plaisirs, laissaut ses jeux pour venir auprès de sa mère qui ne cessait de verser des larmes : « Ne pleurez pas, ma petite mère, lui disait-il, papa reviendra bientôt et il ne s'en ira plus jamais. Ne pleurez pas, car le bon Dieu nous le rendra. » Ces paroles d'un enfant si jeune touchaient profondément le cœur de la comtesse. Quand, par suite du chagrin, madame de Valfleury tomba malade, il ne la quitta plus. C'est lui seul, pour ainsi dire, qui la soigna, et la domestique attachée à la maison en était dans l'admiration.

Quand Paul apprit cette conduite de son fils, conduite qu'on ne saurait remarquer dans des enfants beaucoup plus avancés en âge, il remercia le ciel de lui avoir donné un tel fils et comprit que ce petit être était destiné à de grandes choses.

Il résolut de faire à son égard l'œuvre de Dieu, persuadé que la Providence le lui avait envoyé afin qu'il développât la semence des vertus qu'elle avait mise dans son cœur.

Paul, dès ce moment, s'adonna exclusivement à l'éducation de son fils et cessa de plaider, malgré les reproches de ses amis qui ne cachaient pas leur étonnement. Ils ne comprenaient pas qu'un avocat dont le nom était devenu si célèbre par toute la France renonçât à un avenir aussi brillant. On ne tarda pas à taxer sa conduite de folie ; mais il ne tint compte ni des railleries des uns, ni des conseils des autres, et ne parut plus au au barreau. On venait le prier de loin pour plaider en faveur de pauvres infortunés, mais il renvoyait les solliciteurs auprès de plusieurs avocats, ses amis, qui cherchaient à se faire une réputation et qui étaient doués de tous les talents nécessaires pour arriver à leur but.

Eugénie vit avec bonheur la détermination de son époux. Elle jouissait donc pleinement de l'objet de toutes ses affections, et était heureuse de penser que son fils Augustin ferait de rapides progrès sous la direction douce et ferme de son père. Les jeunes époux ne voulurent pas placer leur enfant dans une maison d'éducation, quelque bonne renommée qu'elle eût. Car dans ces temps où les passions commençaient à s'agiter, l'éducation de la jeunesse était confiée à des hommes qui leur paraissaient suspects à cause des doctrines de fausse philosophie alors fort à la mode.

Augustin avait à peine sept ans, et montrait déjà une intelligence prête à recevoir les premiers éléments des sciences. Grâce aux soins de sa mère, il savait lire, son écriture commençait à se former, et il laissait paraître une aptitude particulière pour le calcul. Doué d'une heureuse mémoire, il récitait les fables les plus remarquables de La Fontaine, et le ton qu'il apportait à ces petites déclamations, étonnait les rares personnes qui fréquentaient la famille. Telles étaient les disposirions du jeune Augustin lorsque M. de Valfleury entreprit d'une manière sérieuse son éducation. Il sut, en maître habile, profiter de ces heureuses qualités, et se mit résolûment à l'œuvre. Il lui fit des leçons de français avec autant de netteté et de précision qu'un professeur expérimenté, et sut se mettre à la portée de son jeune âge. L'élève fit surtout de grands progrès dans l'arithmétique. Son père, craignant qu'il ne se fatiguât par une trop grande application, ne lui donna que deux leçons de calcul par semaine. Les heures de travail étaient parfaitement distribuées. Des récréations nombreuses délassaient cette jeune intelligence, et deux fois aussi par semaine Paul allait faire, avec sa famille, une promenade dans les environs de Paris. Il agissait ainsi afin que son fils pût profiter de ses leçons et avancer dans l'étude sans que sa santé en ressentît la moindre atteinte.

Il avait rédigé une sorte de règlement qu'il suivait religieusement. Rien n'était oublié, et c'est grâce à cette règle qu'il est arrivé à des résultats qu'on n'aurait pu prévoir. Quand arrivait l'époque des vacances, toute la famille quittait Paris et se rendait au château de Valfleury dont Paul était devenu possesseur après la mort de son père. Ce domaine était cher aux deux époux, car il avait été témoin de leur premier amour et du bonheur qu'ils avaient goûté chaque année au retour des vacances. La belle famille qui nous occupe passait deux mois à la campagne, mais ce temps n'était pas perdu pour l'éducation d'Augustin. Il travaillait à ses études pendant quelques heures tous les jours, et dans les promenades qu'il faisait avec son père dans le parc du château et aux environs du village, il questionnait M. de Valfleury sur tout ce qu'il voyait et agrandissait

ainsi de jour en jour le cercle de ses connaissances. Nous verrons plus loin comment le comte employait ce temps des vacances pour l'éducation de son fils. Jusqu'à présent nous
n'avons parlé que de son instruction ; mais M. de Valfleury,
convaincu qu'une éducation chrétienne était bien plus précieuse
que l'instruction, y donna, s'il est possible encore, plus de soin.
Les études développent l'intelligence, mais l'éducation forme le
cœur. Paul n'ignorait pas qu'on est un homme utile plutôt par
le cœur que par l'esprit. Celui dont l'intelligence seule a été
cultivée est sujet à l'orgueil et devient la plupart du temps nui-
sible à ses semblables. Ainsi fut Voltaire dont on ne peut nier
les hautes qualités de l'esprit. Mais avait-il du cœur ? Non. On
peut le dire avec assurance. Aussi n'a-t-il exercé aucune bonne
influence dans la société. Si encore il en fût resté là, et s'il
n'eût employé toutes les ressources de son génie à répandre le
venin de l'impiété dans les esprits. Mais l'union des qualités
de l'intelligence et de celles du cœur ont produit des saints
Vincent-de-Paul, des saints François de Sales, et cette multitude de héros qui ont paru dans le monde depuis l'avènement
du christianisme.

Paul l'avait bien compris, et c'est pour cela qu'il s'appliqua
avec la plus grande attention à former le cœur d'Augustin et à
le rendre digne des destinées auxquelles Dieu semblait l'appeler.

Les deux mois de vacances écoulés, la famille revint à Paris
occuper son appartement du faubourg Saint-Germain. C'était
au mois d'octobre 1781. Augustin comptait à peine neuf ans.
Son ardeur pour l'étude avait puisé de nouvelles forces dans le
repos de la campagne. Ses progrès avaient été si rapides dans
la connaissance de la Grammaire française, dans l'arithmétique,
l'histoire et la géographie, que M. de Valfleury crut le moment
venu de l'initier à la langue latine. L'élève en fut enchanté. Il

prit goût à cette étude, et on le vit y apporter tout le soin et toute l'application dont il avait fait preuve jusqu'à ce jour. De tels progrès étaient la plus belle récompense que le comte eût enviée. Aussi en continua-t-il sa tache avec plus de zèle et plus de constance, s'il est possible, que par le passé.

Un soir, après une journée bien remplie, la famille prenait son frugal repas lorsque la domestique, la bonne Gabrielle qui avait servi de nourrice au comte, vint annoncer l'arrivée d'un étranger tout couvert de neige et accablé de fatigue, car il faisait froid et la neige tombait en abondance. A peine introduit, l'inconnu découvrit son visage et se fit reconnaître. M. de Valfleury, à la vue de son frère dont il connaissait le caractère emporté, l'esprit entreprenant, et dont l'impiété lui avait déjà inspiré tant de craintes, pensa qu'il ne venait à Paris dans une saison aussi rigoureuse que pour une affaire de la plus haute importance. Il se jeta à son cou, et l'accueillit avec la plus grande bienveillance en lui témoignant la plus vive affection. Mais Edouard ne parut pas répondre à ces protestations d'amitié. Il se mit à table, mangea peu et demeura silencieux. Les craintes de Paul augmentaient ; il s'efforça, par mille questions, de connaître quelle pouvait être la cause de l'état dans lequel était son frère. « Tu sauras tout demain, lui dit Edouard, je t'expliquerai en détail le but de mon voyage. Je suis fatigué ce soir, et j'ai besoin de repos. » On le conduisit dans une pièce où Gabrielle avait préparé un bon feu. Le jeune comte se perdait en mille conjectures et communiquait ses craintes à Eugénie. Qu'allait-il apprendre le lendemain ? Cette conversation avec son frère il la redoutait, et cependant il la désirait. Il passa toute la nuit dans l'insomnie, et ce n'est pas sans un triste pressentiment qu'il vit paraître les premières lueurs d'un jour qui ne s'effacera jamais de sa mémoire.

Enfin il est dix heures, le ciel est sombre, Edouard entre

dans le cabinet de travail de M. de Valfleury, prend place auprès du feu, et, fixant des regards terribles sur son frère : « Je suis presque ruiné, lui dit-il ; j'ai perdu au jeu la plus grande partie de ma fortune, et il faut la réparer. J'ai ourdi avec un de mes amis une trame qui la rétablira. Il s'agit d'accuser M. de M*** d'avoir, dans son gouvernement, dérobé, à force de concussions et de déprédations, des sommes considérables au trésor public et à des particuliers. Cette accusation mensongère, appuyée par de faux témoins, sera pour moi la source d'une immense richesse. Je sais qu'avec vos principes vous ne manquerez pas de me blâmer ; mais je vous déclare que je serai inexpugnable. Prières, larmes, aucune raison ne changera ma détermination. C'est une affaire résolue. Si vous ne me prêtez votre concours en plaidant pour moi, je cesserai d'être votre frère, et une éternelle inimitié en sera la conséquence. »

Paul, à ces paroles, demeura stupéfait. Son visage devint d'une pâleur extrême, et il sentit ses forces défaillir. Qui peindra la douleur qu'il éprouva en ce terrible moment ? Comment son frère unique avait-il pu tomber dans cet abîme, et en arriver à un tel point de dégradation ? Après quelques instants de morne silence, M. de Valfleury, le cœur profondément ulcéré, adressa à son malheureux frère un langage plein de calme et d'affection : « Mon cher Edouard, lui dit-il, vous venez de faire à mon cœur une blessure que le temps ne saurait cicatriser. Vous qui étiez mon meilleur ami, pour qui j'aurais donné ma vie tout entière, vous allez vous mettre au rang des plus grands criminels. Vous ne craignez pas, pour rétablir une fortune que vous avez perdue, de ternir la réputation d'un homme de bien. Ce n'est pas assez, vous voulez qu'il soit privé de ses richesses, jeté en prison, et peut-être condamné à la peine capitale. Avez-vous bien pensé à l'énormité de ce crime. Mon frère, je vous en prie, n'oubliez pas les sages conseils de notre père, les instructions de notre pieuse mère, et revenez à de meilleurs sentiments en abandonnant les fausses doctrines qui vous conduiront infailliblement aux plus grands excès. Souvenez-vous que vous avez été élevé en chrétien. Vous avez médité le plus inique des forfaits, et vous voulez que votre frère en soit le complice sous peine d'encourir les effets de votre haine. Epargnez-moi ce malheur, car j'aimerais mieux mourir mille fois que de vivre et d'être votre ennemi. Je vous en supplie, au nom de Dieu, par les cendres de ceux qui vous ont donné le jour, abandonnez votre projet. Je consens à vous céder la moitié de ce que je possède ; dites une parole, et j'en signe l'acte d'abandon. »

Paul était aux pieds de son malheureux frère ; le barbare le relève, et, avec un sourire diabolique, il lui déclare qu'il accepte cette donation, et qu'il renonce à son projet. L'acte fut dressé sur-le-champ et signé. Edouard le reçut de la main de son frère à qui il jura une amitié inviolable. Le jeune comte venait d'abandonner une partie de sa fortune pour sauver du déshonneur et de la misère un innocent, pour épargner à son frère un crime horrible, et surtout pour le vaincre par l'excès de sa générosité et de son amour fraternel. Heureux si un tel sacrifice avait produit un retour au bien dans l'âme corrompue d'Edouard qui, après avoir obtenu ce qu'il désirait, s'empressa de quitter la maison de son frère et de rejoindre sa digne compagne, femme violemment passionnée pour le jeu, et qui l'avait poussé au crime afin de pouvoir briller au milieu du monde par de folles dépenses.

Quand Eugénie apprit le jour même, de la bouche de son époux, la terrible scène du matin, elle ne put maîtriser sa douleur. Ce qui l'affligeait le plus, c'était de voir Paul si cruellement éprouvé, car elle savait combien il aimait son frère. Elle remercia son époux d'avoir conjuré un si grand malheur, même au prix de leur fortune. Elle eût préféré passer toute sa vie dans un misérable réduit, et gagner péniblement son pain par un travail incessant que de voir s'accomplir un crime aussi énorme par un membre de la famille si tendrement aimé. Elle sut, par ses caresses et ses paroles, adoucir l'amertume dont le cœur de Paul était rempli, et c'est avec bonheur qu'elle put voir, après quelques jours, M. de Valfleury moins triste, reprendre ses occupations accoutumées sans rien perdre de son calme. Il était chrétien, et il savait trouver au pied de l'autel le courage nécessaire pour supporter l'épreuve que le ciel venait de lui envoyer.

Le petit Augustin apporta aussi à son père sa part de consolation. Sa conduite, en cette circonstance, fit oublier à Paul ses chagrins et lui montra clairement que son fils, répondant avec fidélité aux soins qu'il lui donnait, serait un vase de prédilection pour la plus grande gloire de Dieu et de son église.

Quand ce jeune enfant vit la douleur dont son père était accablé, il devina que son oncle était la seule cause de ce chagrin, et dressa de suite un plan de campagne, car il avait résolu de consoler M. de Valfleury. Son application au travail, qui s'était toujours soutenue, devint plus grande. Tel il se montre aujourd'hui qu'il avait été à l'époque où Eugénie s'était trouvée momentanément séparée de son époux. Mais comme il avait grandi en âge, ses actions étaient faites avec plus de poids et plus de réflexion. Il suppliait le comte d'abandonner sa tristesse : « Pourquoi, cher papa, êtes-vous triste? Pourquoi rester dans la peine? Si mon oncle vous a causé du chagrin, ce n'est pas nous; maman vous aime tant, et moi je ne suis pas méchant. Je ne veux jamais vous désobéir. Je travaille pour

vous être agréable, et je ne fais rien qui soit contraire aux instructions que vous me donnez. »

Il cherchait à introduire la joie au sein de la famille par des
paroles pleines de finesse.

Le soir, on faisait la prière en commun, et c'est lui qui avait
coutume de la réciter à haute voix. Dès qu'il vit son père dans
l'affliction, il composa une petite prière qu'il ne manquait pas
de dire tous les jours. C'est l'élan d'un cœur bon et compatissant, le cri de l'amour filial. « Mon Dieu, disait-il, quand il
avait achevé la prière accoutumée ; mon Dieu, ayez pitié de
mon père, chassez loin de son esprit la pensée qui le tourmente,
et de son cœur le chagrin qui l'accable. Faites-lui oublier le
malheur qu'il a éprouvé, et rendez-lui la joie et la gaieté. Je
vous supplie aussi de convertir celui qui est venu apporter la
tristesse dans notre maison, et de lui accorder la grâce de vivre
et de mourir selon les préceptes de votre loi sainte. »

M. et madame de Valfleury se sentirent émus jusqu'aux larmes, quand ils entendirent leur fils adresser à Dieu une telle
supplication. Ils virent tout ce que son cœur renfermait de trésors. Un autre enfant eût prié pour son père, mais il aurait
maudit celui qui avait fait tant de mal à ses parents. Augustin,
au contraire, prie pour lui et pour sa conversion. Il avait déjà
bien compris que la religion chrétienne est toute de douceur,
de pardon et de miséricorde, et que nous devons, à l'exemple
de Notre-Seigneur, pardonner à nos ennemis, même à nos
bourreaux. Voilà le fruit de l'éducation paternelle. On peut se
faire une idée de la vertu à laquelle cet enfant, si jeune encore,
était déjà parvenu. Le lecteur verra bientôt comment M. de
Valfleury sut mettre à profit les bonnes dispositions de son
cher fils, pour le former à la pratique des plus grandes vertus.

Les moyens qu'il a mis en usage ne sont pas extraordinaires, il n'a point agi avec violence, mais avec douceur et fermeté. Il lui a suffi de l'élever dans les principes de la foi, suivant les maximes de l'Evangile, et Dieu bénissant son œuvre, il parvint à rendre son fils digne d'accomplir les desseins de la Providence.

III

LE BEAU JOUR

La famille de Valfleury habitait sur la paroisse de Saint-Thomas-d'Aquin, et se faisait remarquer par son assiduité aux offices religieux. Elle était en relations intimes avec un bon prêtre, le pasteur de cette église, M. l'abbé de G... Cet ecclésiastique, âgé d'environ soixante ans, avait vieilli dans l'apostolat et la prière. Sa vie tout entière avait été consacrée à la gloire de Dieu, et à la pratique des bonnes œuvres. Les pauvres à qui il prodiguait son patrimoine, le chérissaient comme un père. On ne pouvait le voir à l'autel sans se sentir pénétré d'une profonde piété. C'était surtout lorsque du haut de la chaire il annonçait la parole de Dieu, que les cœurs les plus endurcis étaient touchés, et que les âmes ferventes étaient animées d'une foi plus vive, et d'un amour plus parfait pour notre Seigneur au Saint-Sacrement. Ce vénérable ecclésiastique avait une dévotion toute particulière pour cet adorable sacrement, et pour la très-sainte Vierge. Il cherchait par tous les moyens possibles à faire aimer ces deux dévotions.

Les jeunes enfants excitaient au plus haut point son zèle sacerdotale. Il était convaincu, en effet, que c'était en élevant chrétiennement la jeunesse qu'on pourrait arrêter le courant des idées philosophiques que nous avons déjà signalées.

Le comte de Valfleury avec cet esprit de foi et de discernement qui le caractérisait, sut distinguer dans ce serviteur de Dieu, un homme dont les sages instructions seraient de la plus grande utilité à l'éducation de son fils, et dont l'amitié serait aussi pour lui et toute sa famille une sorte de bénédiction. Il alla donc lui rendre visite et s'ouvrit complétement à lui. Il lui parla longuement de sa jeunesse, de son épouse et de ses chers enfants, et l'entretint de la manière dont il avait quitté la brillante carrière dans laquelle il était lancé, pour ne s'occuper plus que de l'ducation de son Augustin. Il lui fit connaître tout ce qu'était ce cher enfant, et leur découvrit les marques de prédilection qui paraissaient en lui. M. l'abbé de G... ne put s'empêcher d'admirer une famille sur laquelle Dieu répandait ses plus abondantes bénédictions, et promit à M. de Valfleury, qu'il irait le visiter ; ce qu'il ne manqua pas de faire dès le lendemain. Il remarqua que tout ce que lui avait dit le comte, était bien au-dessous de la réalité, et eut dès lors la plus haute estime pour cette famille bénie. Le jeune Augustin frappa surtout ses regards. Après l'avoir interrogé sur les premières notions de la religion, il fut émerveillé de ses réponses, et dit à part à M. de Valfleury, qu'évidemment Dieu appelait cet enfants à de grandes destinées.

A partir de ce jour, l'abbé de G. devint l'ami de la famille, et plusieurs fois par semaines il venait passer la soirée dans cette maison où il rencontrait une foi si vive , et un véritable esprit de prières.

Il aida puissamment le comte dans l'instruction religieuse d'Augustin, et prépara cet enfant à faire une sainte première communion.

C'est vers ce but que tendirent tous les efforts de M. de Valfleury et du vénérable pasteur. Paul, tout en donnant à son fils des leçons de latin et de français, et en le poussant dans l'étude des lettres et des sciences, n'oubliait pas son instruction religieuse et son éducation. Il lui fit étudier l'Histoire-Sainte, lui expliquant tout l'Ancien-Testament, afin qu'il fût bien préparé à recevoir toutes les notions de la doctrine chrétienne. Il commença ensuite à lui faire l'explication du symbole des Apôtres et lui apprit toutes les vérités fondamentales qui sont si bien développées dans nos Catéchismes. Augustin étudiait avec ferveur ; sa jeune âme se pénétrait si vivement de ces saintes vérités que sa foi en devint de plus en plus ardente. Le digne abbé complétait les instructions de son père, et se mettait à la portée de son intelligence. Sous une telle direction, Augustin fit bientôt paraître une piété vraiment angélique.

Un jour, il dit à son père : « Cher papa, je vois que le bon Dieu m'aime bien, et cependant j'ai été jusqu'à présent si méchant, je lui ai fait tant de peine. Permettez-moi de me confesser. Vous craignez peut-être que je sois trop jeune pour bien accomplir un acte aussi important. Je vous en prie, laissez-moi m'accuser de mes fautes ; je m'y préparerai de mon mieux. Le bon père (car il n'appelait l'abbé de G. que par ce nom), le bon père m'a dit qu'après la confession, on avait le cœur plus léger, et qu'on devenait aussi pur que les anges. Laissez-moi leur ressembler. Vous savez que je ferai bientôt ma première communion;

il faut que je sois bien pur pour recevoir le bon Dieu dans mon cœur. » Paul consulta son digne ami, qui jugea Augustin assez instruit pour faire dignement cette action. En demandant cette permission comme une faveur, cet enfant montrait combien le péché lui inspirait d'horreur, et combien était grande la délicatesse de sa conscience. Il était enclin à la colère, mais chaque fois qu'il lui était arrivé quelque écart de ce genre, il en ressentait le plus vif chagrin et se hâtait d'implorer le pardon de ceux qu'il avait offensés.

Le jour fut donc fixé pour sa première confession. Il était tellement animé du désir de la bien faire, qu'il demanda à son père mille explications ainsi qu'au vénérable abbé qui lui apprit la manière de s'approcher du tribunal de la pénitence. Ainsi préparé, il fit au bon père l'aveu de ses fautes avec un esprit de foi, et une piété qui toucha singulièrement son confesseur. A peine eut-il achevé, que sautant au cou de ce saint prêtre, il le remercia avec effusion du bonheur qu'il lui avait fait goûter et des instructions qu'il lui avait données. Que ce jour avait été heureux pour lui! Comme il courut se jeter aux pieds de ses parents et leur demander pardon de toutes les peines qu'il leur avait causées dans sa vie passée! M. et madame de Valfleury le relevant, le tinrent pressé dans leurs bras avec amour, et remercièrent Dieu de leur avoir donné un fils selon son cœur.

Augustin se confessa régulièrement tous les mois, et prit la résolution de le faire chaque fois qu'il aurait le malheur d'entrer dans un accès de colère. C'est ainsi qu'il parvint à se défaire entièrement de ce défaut. Son zélé directeur contribua, par ses sages conseils, à le rendre plus doux et plus patient. Connaissant tout le respect de cet enfant pour le lieu saint, et l'auguste sacrifice de la Messe, il le jugea digne de servir le prêtre au Saint Sacrifice. A cette époque, on ne voyait pas à

l'autel, comme de nos jours, des enfants indisciplinés, participer
d'une manière si complète à ce grand mystère; mais les clercs
seuls et les hommes les plus pieux étaient admis à remplir
d'aussi saintes fonctions. Augustin, ravi de cet honneur, se montra digne d'approcher si près de la Majesté de Dieu, par son recueillement et sa tendre piété. On eut dit un ange à l'autel.

Afin d'édifier sa famille et de donner à ses enfants les exemples des héros de la religion catholique, de ces athlètes de la
foi, qui ont combattu les combats du Seigneur, en domptant
les passions de la nature, M. de Valfleury fit tous les jours en
commun une lecture dans la vie des saints. Le récit des luttes
des martyrs enflammait le cœur d'Augustin, qui eût voulu
comme eux répandre son sang pour son Dieu. Il semblait pres-
sentir qu'il aurait à souffrir pour la confession de sa foi. Il remarquait surtout comment les saints avaient extirpé les passions
de leur nature, l'orgueil, la colère et tous les autres vices, et
il savait les imiter.

Le comte s'étant aperçu que l'abbé de G., son ami, était
épuisé par les fatigues de son ministère, le pressa de venir
passer quelque temps dans son château de Franche-Comté; ce
n'est pas sans beaucoup d'hésitations que l'homme de Dieu se
résolut à quitter son troupeau, ses pauvres et ses bonnes œuvres; mais il devait conserver sa précieuse santé pour le bien
des âmes, et c'est ce qui le fit consentir à partir avec la famille
de Valfleury, qui resta cette année tout le temps de la belle
saison à la campagne. Paul et Eugénie étaient heureux d'avoir
pour hôte leur vénérable ami. C'est là, dans la solitude des
allées du parc que le comte et son ami s'entretenaient de la
grandeur du Très-Haut, de la vanité des choses mondaines, et
de la fragilité de la gloire d'ici-bas. Dans ces entretiens intimes,
ils parlaient de la miséricorde de Dieu et de sa longue patience
à l'égard des pécheurs, et des châtiments que la corruption des

mœurs et le blasphème attireraient sur notre pauvre France.
Ils prévoyaient que l'orage éclaterait bientôt, et que Dieu, pour
punir les crimes amoncelés depuis deux siècles dans ce pays,
déchaînerait toute sa colère. Ils ne doutaient pas que l'esprit
révolutionnaire se répandant de plus en plus, conduirait la
France, cette terre sur laquelle la Providence avait répandu ses
bienfaits avec profusion, jusqu'au fond de l'abîme, et ils priaient
Dieu de ne pas anéantir la patrie, mais de la purifier.

Ils n'oublièrent pas, dans la retraite où ils vivaient, leur cher
enfant, et profitèrent de ce temps de repos pour s'appliquer à
former son cœur et à le disposer à la première communion.
Leur élève faisait chaque jour de nouveaux progrès dans la perfection ; sa foi s'affermissait de plus en plus, et sa piété devenait plus vive à mesure qu'il approchait du jour où il lui serait
donné de posséder son Dieu. Le vénérable prêtre répandait
dans le cœur de son enfant une dévotion affectueuse à la très-
sainte Vierge, et l'accoutumait à la regarder comme sa mère et sa
protectrice. Le jeune enfant manifestait sa piété pour la reine
des anges, en lui dressant de petits autels et en lui érigeant de
petites statues dans plusieurs endroits du jardin. C'était autant
de lieux de pèlerinage où la famille allait s'agenouiller pendant
la journée.

L'abbé de G., sur l'invitation du pasteur du village, montait
souvent en chaire, et sa parole si éloquente était religieusement
écoutée par tous les habitants de la contrée. Il usa de cette influence pour introduire dans ce lieu la dévotion qu'il avait
pour Marie, et fit entendre aux bons villageois que le mois de
mai était tout particulièrement consacré à la sainte mère de
Dieu. Aussi, de concert avec l'abbé X., qui desservait Valfleury,
établit-il un office spécial qui fut célébré tous les soirs pendant
ce beau mois, quand les cultivateurs avaient terminé les travau

de la journée. Cette tendre dévotion poussa de profondes racines dans ces lieux, grâce au zèle de ces deux saints prêtres.

Augustin, comme à Paris, se rendait tous les matins à l'église et servait la messe du bon père; car l'abbé de G., contrairement à l'usage de ce temps, la célébrait tous les jours, ne voulant pas se priver d'un si grand bonheur. Il savait que rien n'honorait plus la majesté de Dieu que cet auguste sacrifice. Paul et Eugénie y assistaient tous les jours, faisant profession de leur foi vive et de leur piété, et édifiant ainsi les habitants du pays, gens simple, qui suivent toujours l'exemple de ceux que la Providence a placés dans un rang plus élevé et qu'ils sont habitués à regarder comme leurs modèles.

Augustin avait un goût très-prononcé pour la culture des fleurs. Aussi, lui avait-on réservé un petit endroit du jardin qu'il cultivait de ses propres mains. Les fleurs qui l'ornaient, étaient destinées à Marie. Il se faisait un plaisir de les cueillir et de les offrir à sa tendre Mère. Souvent, il questionnait le jardinier sur la manière de traiter les jeunes plantes, et prêtait une oreille attentive aux leçons d'horticulture de ce bon villageois. Je tiens à rapporter ici une petite scène occasionée par la vivacité de son caractère. On verra combien cet enfant a fait d'efforts sur lui-même, pour détruire ce mauvais penchant de sa nature.

Jacques (c'était le nom du jardinier), ayant jugé à propos pour la beauté générale du parterre, d'arracher quelques plantes dans le petit jardin d'Augustin, celui-ci, dès qu'il s'en aperçut, entra dans une violente colère, et adressa au pauvre Jacques, qui se trouvait là en ce moment, les paroles les plus amères. Le calme du domestique pendant cette scène de violence l'exaspéra davantage. Il en vint au point de s'armer d'un bâton et d'en frapper le bon jardinier. Au même instant Gabrielle, la servante dont nous avons déjà parlé, s'approcha aux cris poussés par l'enfant, et chercha, par des remontrances bien justes et bien méritées, à le calmer, mais elle ne put y réussir.

Jacques et Gabrielle s'étant retirés, Augustin, une fois seul, se calma peu à peu, et comprenant tout le mal qu'il venait de commettre, il se rendit auprès de son père qui ignorait ce qui venait de se passer, et se jetant à ses pieds, il lui avoua tout et implora son pardon, en lui promettant de ne plus agir si mal à l'avenir. M. de Valfleury s'empressa de le relever et de le réprimander sur sa conduite. Il lui montra jusqu'à quels excès peut entraîner la colère, afin de lui inspirer le plus d'horreur possible pour cette funeste passion. Augustin versa d'abondantes larmes de repentir, et courut sur le champ s'humilier devant celui qu'il avait si indignement outragé. Il lui demanda pardon à genoux. Jacques, dont le cœur était excellent, prit l'enfant dans ses bras et le rassura par de bonnes paroles. Augustin conserva une grande amitié pour le jardinier, qui de son côté l'en aima davantage.

L'abbé de G. s'était absenté ce jour-là, pour aller prêcher dans le village voisin. A son retour, Augustin qui avait promis de se confesser toutes les fois qu'il aurait eu le malheur de tomber dans un accès de colère, se confessa humblement de tout ce qu'il avait fait. En agissant ainsi, il faisait disparaître jusqu'aux dernières racines de ce mal. Il parvint donc, par l'humilité chrétienne et par la délicatesse de conscience, à se défaire de ce défaut. Je puis ajouter qu'Augustin se souvint toute sa vie de cette circonstance, et que dès ce moment, il lui arriva moins souvent de se mettre en colère ; on ne remarqua même plus en lui que de légers mouvements d'impatience aussitôt réprimés.

M. de Valfleury, pendant le séjour qu'il faisait chaque année à la campagne, se rendait compte par lui-même de la situation de ses sujets. N'imitant pas ceux qui se montraient durs et in-

humains, il allait dans les chaumières des villa eois, et s'il rencontrait quelques familles plus pauvres, c'était là qu'il portait
ses pas de préférence. Sa bourse était à leur disposition; d'une
charité qui ne connaissait aucune mesure, il portait à ces bra-
vés gens la nourriture du corps, en même temps qu'il leur prodiguait les consolations et les bonnes paroles dont il avait le
secret. Il se faisait presque toujours accompagner par son fils,
qui montrait une affection peu commune pour tous ceux qui se
trouvaient dans la souffrance. Il ne pouvait vo.r sans pleurer
la misère des pauvres, et compatissait aux douleurs des malades. Dans ces visites de bienfaisance qu'il faisait avec son père,
sa charité ne put que s'augmenter, et il versait dans ces pauvres
réduits toutes ses petites épargnes. Dès qu'il avait quelques
pièces de monnaie, il ne pouvait les garder, ne les considérant
pas comme étant son bien, mais celui des pauvres. Il aimait
beaucoup les enfants de ces bons campagnards, les amenait au
château et leur faisait partager ses jeux.

Pendant que la famille menait une vie si paisible à la campagne, madame de Valfleury, la douce Eugénie, donna le jour à
un troisième enfant. Sa joie fut extrême quand elle vit que le
bon Dieu lui avait accordé une fille. Les deux époux lui en
témoignèrent toute leur reconnaissance. Elle ressemblait parfaitement au comte. Ses grands yeux noirs était pleins de douceur. La comtesse était au comble de ses vœux, car elle allait
pouvoir faire pour elle ce que son époux faisait tous les jours
pour Augustin. Elle s'appliqua à lui donner une éducation parfaitement chrétienne.

Dès que madame de Valfleury fut rétablie, on reprit le chemin de la capitale. Le séjour que toute la famille avait fait en
Franche-Comté, avait été des plus agréables et des plus utiles.
La présence du pasteur de Saint-Thomas avait beaucoup con-
tribué à le rendre si précieux. On fut de retour à Paris pour le

jour de la Toussaint, et on se livra de nouveau aux occupations accoutumées. L'abbé de G., dont la santé s'était sensiblement améliorée, se retrouva au milieu de son cher troupeau, auquel il allait continuer de prodiguer ses soins et son dévouement. Il s'adonna plus spécialement à la préparation de son enfant à la première communion qui devait avoir lieu le jour de Pâque.

Un grand nombre d'enfants étaient admis à participer avec lui à ce banquet sacré, et le bon pasteur redoubla de zèle pour les rendre tous dignes de recevoir Notre Seigneur Jésus-Christ. Plus ce beau jour approchait, et plus aussi le fils du jeune comte se disposait à la plus grande action de sa vie. Il sut, par mille sacrifices volontaires, se rendre agréable à Dieu. Il avait de ces petites ruses que les saints ont mises en pratique pour plaire au divin Maître. Ainsi, il se privait à ses repas, sans que personne s'en aperçût, de petites friandises ; s'il affectionnait quelque mets particulier, il s'abstenait d'en accepter, et se contraignait à prendre des aliments pour lesquels il n'éprouvait que de la répugnance. Il offrait à Dieu tous ces petits sacrifices, pour qu'il lui fît la grâce de le recevoir dignement. Ces sortes de sacrifices sont toujours agréables à Dieu, surtout quand ils sont faits avec la plus grande pureté d'intention. Paul et Eugénie seuls remarquaient ces petites ruses, mais ils n'en disaient rien, admirant la haute vertu de leur enfant. Ils n'avaient pas à redouter pour lui l'approche d'un jour qui décide de toute l'éternité.

M. de Valfleury entretenait souvent son fils de l'importance de cette action. « Songez, mon enfant, lui disait-il, que la Majesté de Dieu va s'abaisser jusqu'à descendre dans votre cœur ; que le Maître de l'univers, à qui tout appartient, par qui tout a été créé, va faire sa demeure en une pauvre et chétive créature qui n'est auprès de lui que corruption et que misère. Rendez-vous bien digne de posséder notre Seigneur Jésus-

Christ en vous, demandez-lui de vous purifier et de vous faire semblable aux anges qui forment son cortége. Priez bien surtout la sainte Vierge Marie, de vous préparer elle-même à recevoir votre Maître et Seigneur. »

Les quelques jours qui précédèrent l'époque fixée, Augustin les passa dans un profond recueillement. Son père lui fit des instructions sur les grandes vérités de la religion : la nécessité du salut, le péché, le jugement, le ciel et l'enfer ; il lui développait toutes ces vérités et l'en pénétrait profondément. L'abbé de G., qui l'avait si bien préparé depuis longtemps, mit la dernière main à son œuvre, et lui donna, la veille de la première communion une instruction sur la contrition parfaite, après laquelle Augustin, fondant en larmes à la vue de ses fautes, reçut le Sacrement de Pénitence. Il demanda ensuite pardon à ses parents de la peine qu'il avait pu leur causer durant le cours de sa vie.

Enfin apparut l'aurore d'un si beau jour. Avant de se rendre à l'église, M. de Valfleury, tenant son fils assis sur ses genoux : « Voici, mon cher enfant, le plus beau jour de votre vie. L'heure est venue où le Roi des rois va descendre dans votre âme. Vous allez être en quelque sorte divinisé. Vous ne vivrez plus, mais Jésus-Christ vivra en vous. Vous serez, dans quelques instants, le tabernacle du Dieu vivant, et les anges vous entoureront en chantant les merveilles du Très-Haut. Avant de vous approcher de la sainte table, adorez votre Maître, vous tenant profondément abîmé devant sa divine Majesté, et à la vue de votre bassesse, mettez votre confiance en lui ; ne craignez pas d'aller à lui, car il vous sourit et vous tend les bras. Demandez-lui encore pardon de vos péchés. Priez-le bien afin qu'il achève de vous purifier, et soupirez, par de saints désirs, après Celui qui va se donner tout à vous. Songez que de cette action dépendra votre bonheur pendant l'éternité. Si vous faites une bonne première communion, vous serez assuré de votre salut.

Et puis, mon cher enfant, donnez-vous bien à Dieu sans partage et jurez-lui un éternel amour ; demandez-lui la persévérance dans le bien, et surtout n'oubliez pas votre bonne mère, votre père et toute votre famille. Priez aussi pour le saint prêtre qui a pris soin de votre éducation et qui va déposer le bon Dieu sur vos lèvres. Allez, mon fils, allez prendre part au céleste banquet auquel les anges vous convient. »

Le comte et la comtesse conduisirent leur enfant jusqu'au pied de l'autel, priant pour lui avec ferveur. Qui pourrait dépeindre leur bonheur quand ils le virent, si recueilli, s'agenouiller à la table sainte. Ils éprouvèrent une de ces joies que ne connaissent pas ceux qui vivent sans Dieu et sans contrition. Lorsqu'Augustin fut en possession de notre Seigneur Jésus-Christ, son visage devint radieux ; il parut anéanti en Dieu. On l'eût pris pour un ange prosterné devant la face du Très-Haut. Les yeux fermés et les mains jointes, il resta longtemps dans cette position. Que se passait-il en lui? Vous le savez, vous qui avez eu le bonheur incomparable de faire une sainte première communion ; vous pouvez comprendre toute la joie dont le cœur de cet enfant était inondé.

Quand la cérémonie fut achevée, Augustin vint se précipiter dans les bras de ses pieux parents : « Si vous saviez, leur dit-il, comme je suis heureux! J'ai cru que j'étais au paradis. Je voudrais mourir et ne plus paraître sur cette terre. Le bon Dieu, qui vit dans mon cœur, m'a parlé ; oui, j'ai bien entendu sa voix. C'en est fait, je ne suis plus du monde ; mon bien-aimé me l'a fait jurer ; je suis à lui pour toujours. J'ai dit adieu à tout pour me consacrer à lui, il le veut, il m'appelle à son service. Je serai prêtre, car il faut que je sauve les âmes. Je viens d'en faire le serment. Le bon Dieu m'a fait connaître que j'aurai à souffrir la persécution, mais rien ne m'effraie, car il m'a promis aussi sa force et son secours. Mon cœur déborde, et je ne puis dire tout ce que j'éprouve de bonheur et de joie. J'ai bien prié pour vous, pour mon frère et pour ma sœur. J'ai demandé à Dieu qu'il me conserve dans la foi et la piété et qu'il me fasse la grâce d'être toujours bien sage, et de n'être jamais pour vous un sujet de douleur. »

Le comte et sa vertueuse épouse sont au comble du bonheur. Pour eux, il n'y a plus de doute : Dieu appelle leur fils au sacerdoce. Il sera prêtre, et travaillera à la gloire de notre Seigneur et de son Eglise, et eux, ils pourront mourir en paix, car leurs vœux ont été exaucés.

IV

LE CALME

Quatre mois s'étaient écoulés depuis le jour où nous avons
vu notre cher Augustin s'approcher de son Dieu. Ce temps
s'était passé dans le calme le plus complet; rien n'était venu
changer les habitudes de la famille. Ce jeune enfant, déjà si
vertueux avant d'avoir accompli cette importante action, étalait
aux yeux de tous les fruits qu'il en avait retirés. Il avait entendu
pour la première fois la parole de Dieu qui l'appelait au sacerdoce, et, dès ce jour, il fit toutes ses actions en pensant à ce but
sublime. « Dieu m'a appelé, disait-il souvent, comme autrefois le jeune Samuel; et moi aussi je lui ai répondu : Parlez,
Seigneur, car votre serviteur vous écoute, et le divin Maître

m'a dit tout bas au fond du cœur qu'il voulait m'élever à la
dignité de prêtre pour sauver des âmes. Je veux désormais
me rendre digne de cette vocation. » Son recueillement devint
plus profond. Il semblait toujours abîmé en la présence de
Dieu. Si jeune encore, il se livrait à la méditation des choses
d'en haut, et manifestait une aversion très-prononcée pour le
bruit du monde. Monsieur et madame de Valfleury le dirigèrent vers le but où Dieu l'appelait si visiblement, remerciant
continuellement notre Seigneur d'avoir jeté sur eux un regard
de miséricorde, en leur faisant l'honneur de compter un jour
un prêtre au nombre de leurs enfants.

Augustin s'adonna dès lors avec la plus grande ardeur à
l'étude du latin et du grec ; car il désirait faire un prêtre non-
seulement zélé et pieux, mais encore plein d'érudition, afin
d'être à même de pouvoir combattre avec succès les ennemis
de Dieu et de son Eglise. Le comte, qui avait fait les plus brillantes études, fut pour son fils un professeur excellent. Il lui
mit entre les mains les meilleurs ouvrages écrits en français.
Pour lui, il ne s'agissait pas de lire beaucoup de livres, mais
de très-bons. Augustin, à l'âge de treize ans, expliquait Virgile,
Cicéron, Horace, et les auteurs grecs et latins les plus en
renom lui étaient tous familiers. Il goûtait fort les leçons de
littérature de son père. La lecture des écrivains du XVIIe
siècle dont il se faisait une nourriture quotidienne, formait son
style, et on peut dire qu'à cet âge il écrivait déjà d'une manière remarquable. L'abbé de G., le confident d'Augustin,
n'avait pas appris sans une joie bien légitime l'appel que Dieu
faisait de son jeune ami ; il se dévoua à son éducation sacerdotale.

L'enfant l'accompagnait presque toujours à l'église, chez
les pauvres et les malades, et il apprit ainsi à exercer la charité
dont son cœur était enflammé. S'il aimait son prochain comme

lui-même, il avait pour ses parents une affection telle, qu'il savait prévenir les moindres peines qui pouvaient leur arriver. Son jeune frère surtout était l'objet de toute son affection. Au dehors, dans les promenades que faisait la famille, il le tenait toujours par la main, jouait avec lui, et cédait à ses moindres caprices, ne voulant pas paraître au-dessus de lui, et ne le contrariant jamais en quoi que ce fût.

Il avait été chargé par son père de l'initier aux premiers éléments de la lecture, il s'acquitta de sa mission d'une façon admirable ; il y apporta tant de patience que son élève, moins bien doué que lui sous le rapport de l'intelligence, sut bientôt lire et écrire. Dans l'accomplissement de ce devoir, Augustin était aussi sérieux qu'un professeur dans sa chaire. Ces rapports de maître à l'élève eurent pour effet d'accroître l'affection déjà si vive qu'il avait pour son frère, et nous verrons plus tard les sacrifices que cet amour fraternel exigera de lui.

Cette année, la famille demeura à Paris pendant les vacances, pour plusieurs raisons. D'abord la comtesse redoutait pour sa fille encore bien délicate un si long voyage ; et puis, M. de Valfleury venait de fonder avec l'abbé de G., une œuvre qui nécessitait sa présence dans la capitale.

Animés, comme Saint-Vincent de Paul, d'un amour sans bornes pour les pauvres de Jésus-Christ, ces deux hommes unirent leurs efforts pour établir dans Paris, le centre de la misère et de la corruption, une société d'hommes généreux, qui, sous le titre d'association des amis de la religion vint, en aide à toutes les souffrances.

A cet effet, ils firent appel à tout ce que Paris renfermait de chrétiens fervents et véritablement zélés pour la gloire de Dieu, et en peu de temps l'œuvre compta dans son sein un grand nombre de nobles personnages, et plusieurs princes tinrent à honneur de faire partie de la société. Chacun, en arrrivant, apporta son obole, et l'association fut rapidement pourvue de dix mille livres de rente. Il y avait là de quoi soulager bien des infortunes.

L'abbé de G. fut élu président, et M. de Valfleury, vice-président. C'était bien à eux, les fondateurs de l'association, qu'il appartenait d'y être mis à la tête. M. le marquis de V., homme d'un talent incontestable, d'une foi à transporter les montagnes, fut nommé secrétaire-trésorier.

Innombrables furent les services que cette âme forte rendit à l'œuvre. Je ne dirai rien de sa famille, ni de sa manière de vivre. Ce serait répéter tout ce que l'on sait de celle qui nous occupe depuis le commencement de ce récit. Il ne faut pas s'étonner que ces deux familles, si parfaitement semblables en tous points, se soient unies par les liens de l'amitié la plus étroite. Madame de V. et Eugénie passaient ensemble d'heureuses journées, parlant du bonheur qu'elles avaient d'être chrétiennes et de posséder des époux si fervents. Elles s'ingéniaient à trouver les meilleurs moyens d'élever leurs enfants dans la crainte de Dieu.

L'association une fois constituée, on fit des statuts dans lesquels le but de l'œuvre apparaît clairement. Secourir les pauvres, assister les malades, leur prodiguer tous les secours spirituels et temporels dont ils peuvent avoir besoin, et ensuite combattre énergiquement la fausse philosophie de l'époque par l'organe de la presse, en développant les principes de la vraie et saine philosophie, et les maximes du christianisme ; tel fut le but de cette société destinée, dans l'intention de ses fondateurs, à conjurer les terribles événements que l'impiété allait faire naître dans notre pays.

On se mit aussitôt à l'œuvre. Ceux des associés à qui Dieu avait réparti le talent de la parole et de la plume, ouvrirent une

campagne acharnée contre la libre-pensée et les principes vol-
tairiens. Les autres furent choisis pour porter dans les familles
nécessiteuses le pain du corps et la nourriture de l'âme. Dieu
bénit cette bonne œuvre qui porta des fruits abondants de salut,
et préserva bon nombre de chrétiens peu fervents de l'impiété
qui envahissait comme un fléau la bourgeoisie et surtout le
peuple dont on chatouillait les oreilles par le mot de liberté.
Les chefs de la démocratie s'émurent de la guerre que des
hommes illustres à tant de titres venaient de leur déclarer, et
pour répondre avec plus d'efficacité aux arguments de la presse
catholique, ils se liguèrent aussi, et réunirent toutes leurs forces. Ils s'appuyèrent sur le peuple qu'ils avaient su gagner par
l'appât de la liberté, et par la promesse de l'abolition de tous
les privilèges. Ils savaient que dans un avenir peu éloigné, la
France serait bouleversée de fond en comble.

Quoiqu'il en soit, l'association des amis de la religion pour-
suivit son œuvre avec zèle, et prépara bien des chrétiens à se
tenir fermes aux jours de la persécution. Augustin, malgré son
jeune âge, avait sollicité l'honneur d'être admis au nombre des
associés. Il s'en montra un des membres les plus actifs. Habi-
tué à visiter le pauvre dans sa chaumière, il allait partout où
il savait quelque misère à soulager, et cherchant de préférence
les maisons qui lui semblaient les plus mal tenues. Il se rendait
compte de la position de chaque famille pauvre, et laissait toujours dans ces humbles demeures quelques pièces de monnaie.
Aux malades il portait du vin, du sucre, et toutes les petites
provisions qu'il croyait utiles à leur santé. Si on le remerciait,
si on le considérait comme un libérateur, il ne manquait pas de
dire : « Mes bons amis, ce n'est pas moi qu'il faut remercier,
mais la providence qui m'envoie auprès de vous. Sachez que
le riche n'est pas plus que vous. Les biens qu'il possède, ne
lui ont été donnés que pour être versés par lui dans la main de

l'indigent. » Il trouvait toujours quelques paroles de consolation pour les affligés. Ceux qui paraissaient ne plus savoir s'il y a un Dieu au ciel qui nous gouverne, étaient profondément touchés quand ils entendirent un enfant si charitable et si rempli de vertus, leur parler avec tant de persuasion du Dieu tout-puissant, de sa bonté, et de sa miséricorde à l'égard du pécheur. Plus d'un revinrent à de meilleurs sentiments et se réconcilièrent avec ce Dieu qui produisait tant de merveilles dans le cœur de ce jeune enfant.

Un jour, Augustin fut envoyé avec un associé dans la maison d'une pauvre famille. La mère avec ses cinq enfants avait été signalée à l'abbé de G., comme dénuée de toutes ressources. Les deux visiteurs se rendirent au lieu indiqué, emportant avec eux une petite somme d'argent, qui devait parer aux premières nécessités.

A peine entrés dans le misérable réduit, ils aperçurent, pour tout lit, quelques bottes de paille étendues ; une pauvre femme pleurait en allaitant son plus jeune enfant. Ce spectacle émut Augustin jusqu'aux larmes, et se précipitant à terre, il embrassa les pieds de la malheureuse femme. Au même instant, on entendit une voix formidable : « Sortez d'ici, monstres de l'humanité. Que venez-vous faire dans la demeure de ceux que vous tenez dans l'esclavage? Vous voulez, par votre présence en ce lieu, insulter à ma misère : mais la justice du peuple approche, elle sera terrible. Nobles et prêtres, mettez vos têtes à l'abri. Sortez et ne reparaissez jamais devant mes yeux. » Pendant que le chef de la famille proférait ces odieuses paroles, Augustin mettait dans la main de la pauvre mère une pièce d'or, et une autre dans celle de celui qui paraissait l'aîné des enfants, et les deux visiteurs, afin de ne pas exciter la fureur de cet homme brutal, se retirèrent en priant Dieu de changer le cœur de cet impie.

. Notre héros dont la charité n'avait aucune limite, pas même celle de la prudence, ne fut pas même rebuté par cette première visite, et conçut un plan bien propre à briser les cœurs les plus endurcis. Il se mit pendant plusieurs jours en prière afin d'obtenir que le ciel bénît son entreprise. Trois jours après la scène que nous venons de rapporter et qui aurait découragé la vertu la plus solide, Augustin prenant tout ce que contenait sa bourse, sortit vers le soir, un peu avant la nuit, de la maison de son père, et alla directement à la demeure du méchant homme qui l'avait si mal accueilli.

Sans crainte, car il s'était mis sous la protection spéciale de sa bonne mère, la Très-Sainte Vierge Marie, il frappe doucement à la porte... Sur l'invitation un peu rude du maître de la maison, il entre et salue toute la famille réunie autour d'une pauvre table pour prendre le repas du soir. Isidore, c'était le nom du chef de la famille, lui lance un regard furieux. « C'est encore toi, lui dit-il, que viens-tu faire ici? » Et s'apercevant qu'Augustin était seul : « Tu n'es qu'un enfant, tu me parais bon, dis-moi le motif qui t'amène? » Il prononça ces paroles d'une voix un peu plus douce, ce qui rassura le jeune enfant. Je viens, lui répondit-il, parce que je vous aime, les pauvres sont mes amis, car mon père m'a appris à les aimer. Il m'a toujours dit que la fortune ne nous avait été répartie que pour la répandre dans la maison de celui qui souffre. C'est pourquoi je me suis permis de franchir le seuil de votre demeure. Oh! je vous en prie, ne me chassez pas, je ne suis pas un méchant, j'aime tant les enfants, surtout ceux qui ne sont pas nés au sein de l'opulence », et en disant ces paroles, il embrasse les uns après les autres tous les enfants, bien étonnés de voir un petit monsieur leur prodiguer ses caresses. Le père ne put contempler ce spectacle sans s'émouvoir. Ce jeune noble aime ses enfants, il les embrasse; il n'en faut pas davantage pour toucher le cœur d'un père. « Quoi donc, se dit-il, ces gens-là ne sont donc pas tels qu'on nous les dépeints. Tout ce que l'on nous en dit ne serait donc que mensonge. Cet enfant, si vertueux, si bon, si aimable, et si compatissant ne fait que suivre les instructions et l'exemple de son père, je commence à croire que je me laisse duper. »

Augustin, remarquant le changement qui s'opérait dans l'âme d'Isidore, pria intérieurement pour la conversion entière de cet homme, et s'approchant de lui, il lui baisa les mains. « Les mains de l'artisan me sont chères, dit-il, car elles me rappellent que l'enfant Jésus a été pauvre, et qu'il a travaillé avec son père nourricier saint Joseph. » Isidore n'y tint plus. Prenant Augustin dans ses bras, et l'embrassant tendrement : « Vos vertus, noble enfant, et vos paroles, ont touché mon cœur. Je vois maintenant tout ce que peut la religion. J'ai été bien malheureux d'abandonner le Dieu de ma jeunesse pour suivre les idées de ceux qui veulent à tout prix renverser le trône et détruire les autels. J'abandonne désormais ces principes pernicieux pour me ranger sous la bannière de la croix. J'en fais ici le serment devant Dieu.

Augustin, sautant de joie, promit à Isidore de le conduire dès le lendemain auprès de l'abbé de G., afin qu'il pût opérer sa réconciliation avec Dieu, et demanda à participer au frugal repas que prenait la famille. Il mangea avec plus d'appétit qu'à la table d'un prince. Il donna ensuite à la pauvre famille sa bourse tout entière, en la priant de ne pas tarder à se procurer des lits et des vêtements ; car la saison commençait à devenir rigoureuse.

La femme d'Isidore, chrétienne vertueuse, gémissait depuis bien des années, de l'impiété de son époux. On ne saurait croire à son bonheur, quand elle le vit revenir à Dieu d'une manière aussi subite. Elle lui raconta comment le petit monsieur lui avait donné deux pièces d'or au moment où, trois jours auparavant, il l'avait chassé si indignement. Le nouveau converti, à cette nouvelle, reconnaissant toute sa faute, en demanda sur le champ pardon au jeune homme, qui le rassura en lui tendant généreusement la main.

Pendant ce temps, monsieur et madame de Valfleury, qui avaient cru que leur enfant s'était rendu à l'église pour y prier comme il en avait l'habitude, ne le voyant pas rentrer après une heure d'absence, entrèrent dans la plus vive inquiétude. Ils craignirent qu'il ne lui fût arrivé quelque malheur, ou que des malfaiteurs n'eussent attenté à ses jours. On le chercha de tous côtés, chez l'abbé de G., chez le marquis de V., etc. Ce fut en vain, car nulle part Augustin n'avait été vu.

Il y avait déjà quatre heures qu'il était absent, il faisait nuit depuis longtemps déjà, et la pluie tombait en abondance. Eugénie, jugeant son fils entièrement perdu, ne cessait de pleurer. Elle pria Dieu de vouloir bien le lui rendre. La douleur de ses chers parents était immense et indéfinissable.

Augustin, dans ce moment de bonheur, ne s'était pas aperçu du temps écoulé depuis son départ de la maison paternelle. Quand il vit qu'il était absent depuis quatre heures, il tressaillit. « Mes bons amis, dit-il, mes parents doivent être dans une bien grande inquiétude, ils ne savent où je suis, je vais les rassurer. » Isidore ne permit pas qu'il s'en allât seul à travers les rues de la ville, et l'accompagna jusqu'à la demeure de son père. L'enfant se précipitant dans les bras de ses parents, leur demanda pardon de la peine qu'avait pu leur causer son absence, et leur raconta en détail tout ce qui venait de se passer. L'artisan eut bien soin de tout dévoiler, car la modestie d'Augustin lui avait fait oublier bien des choses. Quand monsieur et madame de Valfleury apprirent le motif de la longue absence de leur fils, ils entrèrent dans l'admiration. Cette nouvelle aug-

menta la joie qu'ils éprouvaient de le revoir. Paul promit à
son fils de continuer lui-même son œuvre à l'égard d'Isidore et
d'avoir soin de ses protégés.

L'ouvrier, ainsi ramené dans la bonne voie par la vertu d'un
enfant, rentra dans son humble demeure, louant Dieu des bienfaits qu'il venait de lui accorder. Il s'entretint longtemps avec
sa femme de la bonté de notre Seigneur qui avait bien voulu
jeter sur eux un regard de miséricorde. Le lendemain, il se
laissa conduire par son jeune protecteur auprès du bon pasteur
de Saint-Thomas, à qui il fit une confession de toutes les fautes
de sa vie, avec les marques du plus grand repentir. Cette pauvre
famille fut dès ce moment à l'abri du besoin, grâce à la charité d'Augustin qui sut lui procurer tout ce qui lui était nécessaire.

C'est ainsi que Dieu bénissait les actions de celui qu'il appelait à une sublime vocation. Le vertueux enfant, loin de s'attri-
buer le succès de cette œuvre, en rendit gloire à Dieu, qui ne
dédaignait pas d'opérer de si grandes choses par son faible ministère, et s'humilia profondément devant son divin Maître. A
partir du jour où l'avait reçu pour la première fois le bon Dieu
dans son cœur, sa pieuse famille vécut pendant trois ans dans
le calme le plus complet. Toujours fidèles au genre de vie qu'ils
avaient adopté, monsieur et madame de Valfleury, laissant de
côté la vanité et le vide qui règne au milieu des gens du monde,
coulaient des jours heureux dans l'amour de Dieu, et l'accomplissement de leurs devoirs de parents chrétiens. Au lieu de ne
trouver que dégout dans leurs fréquentations, ils ne rencontraient, au contraire, que la joie pure des enfants de Dieu, car
leurs seuls amis étaient l'abbé de G. et la famille du marquis
de V.

Pendant ce temps de calme, M. de Valfleury, tout à l'œuvre
de l'éducation de son fils, jugea à propos, afin de le faire avan-

cer davantage dans la science et les belles-lettres, de ne pas quitter Paris les années suivantes. Aussi à l'âge de 15 ans, l'élève avait achevé la théorique, et possédait déjà les plus vastes connaissances.

L'étude de la philosophie et de la théologie allait désormais le passionner ; car ces sortes d'études propres à l'état auquel il se sentait appelé, avaient pour lui un attrait insurmontable. C'est son bon père, le saint abbé de G. qui se chargea exclusivement de lui enseigner ces deux sciences, et de le former à la vie cléricale. M. de Valfleury eut alors plus de temps à consacrer à l'association dont il était vice-président, et put livrer au public plusieurs écrits remarquables par la solidité du raisonnement, contre les apôtres de la révolution et de l'erreur.

Le zèle des associés ne se bornait pas à secourir les pauvres dans leurs misérables réduits, mais il allait chercher les malades jusque dans les hôpitaux. Un certain nombre de médecins qui faisaient partie de la société, prodiguaient aux moribonds avec les secours temporels, les remèdes nécessaires à la guérison de leurs âmes. Combien ont été réconciliés avec Dieu, par l'intermédiaire de ces hommes généreux.

Augustin, que nous avons vu si dévoué auprès des pauvres, si ardent à les secourir, avait une véritable passion pour le soin des malades. Non content de leur apporter avec des paroles de consolation, quelques aliments délicats propres à refaire leurs forces, il les soignait de ses propres mains, aidant au pansement des plaies, et se livrant à la besogne la plus rébutante. Avec cet esprit de foi dont il était rempli, il voyait dans les pauvres malades notre Seigneur lui-même. Aussi sa charité parvint-elle à surmonter en lui les répugnances de la nature.

Il y avait dans l'hôpital qu'il fréquentait un pauvre père de famille qu'une maladie de poitrine conduisait lentement au tombeau. Il voyait approcher le cruel moment où il lui faudrait quitter ce monde, et nul ne pouvait le consoler d'une tristesse mortelle, il repoussait tous ceux qui essayaient de calmer sa douleur. Cet état moral ne pouvait qu'avancer l'heure de sa mort. Augustin, désireux d'apporter quelque consolation à ce pauvre homme, s'approcha de lui, et de sa voix la plus douce, lui adressa quelques bonnes paroles. Le malade consentit à s'entretenir avec le jeune homme, et après plusieurs conversations, il se sentit soulagé. Il lui fit connaître que la cause de son chagrin n'était pas l'appréhension de la mort, mais c'était uniquement de penser qu'il laisserait une femme tendrement aimée, sans ressources avec ses trois enfants. Augustin le rassura, et lui fit la promesse de prendre soin de sa famille qui ne manquerait jamais de rien, et parvint à ramener le calme dans cette âme qui avait un instant désespéré de la bonté divine. Ce pauvre malade se prépara à la mort qu'il vit venir sans crainte et qui eut pour lui moins d'amertume.

On voit qu'Augustin exerçait déjà une sorte de sacerdoce. C'est auprès de l'infortune qu'il prenait ses plaisirs, et il trouvait un charme secret dans l'accomplissement des œuvres de charité. Dieu, du haut du ciel, content de son serviteur, lui envoyait les grâces les plus abondantes, et ornait son âme des vertus les plus pures pour en faire dans l'avenir un pilier de son église.

V

TRISTESSE

Pendant que M. de Valfleury passait ainsi sa vie dans des œuvres de bienfaisance, travaillant pour la gloire de Dieu, son frère vivait avec sa femme dans le luxe le plus effréné. Ils avaient fixé leur séjour à Marseille, ne voulant pas habiter la capitale dans la crainte que Paul ne leur fît des observations sur leur genre de vie. D'ailleurs, après ce qui s'était passé entre lui et son frère, Edouard redoutait sa présence. Cependant il lui avait écrit plusieurs lettres assez amicales, mais sans jamais lui parler de ses affaires ; et depuis dix-huit mois il ne donnait plus de ses nouvelles. Paul lui avait adressé un grand nombre de lettres qui demeurèrent sans réponse. Que se passa-t-il pendant ce temps ?

Edouard, dès qu'il fut en possession du bien que lui avait cédé son généreux frère, arriva en vainqueur auprès de sa femme, qui l'accueillit avec enthousiasme, car il lui apportait de quoi satisfaire ses goûts de luxe et sa passion pour le jeu. Ils se dirigèrent vers Marseille où ils louèrent un hôtel splendide, ne reculant devant aucune dépense pour se mettre à la hauteur des p'us riches familles de la ville. La porte de tous les salons leur était ouverte. Ils faisaient partie de toutes les fêtes. Il ne se donnait pas un bal de société qu'ils n'y fussent invités. Cécile, sa femme, n'était heureuse qu'au milieu de ce monde où elle pouvait se faire admirer pour sa beauté.

C'était une de ces femmes légères qui ne connaissent aucune occupations sérieuses, passionnées pour les plaisirs du siècle, dédaignant le foyer domestique. Elle eût trouvé indigne d'elle le soin du ménage et les différents travaux auxquels se livrent les dames même du plus haut rang. Le jeu était sa passion dominante. Sans foi, sans principe, et par suite sans dévotion, elle ne cachait pas sa haine pour la religion et se qualifiait hautement de libre-penseuse.

Pendant les soirées d'hiver, il y avait tous les jours des réunions nombreuses chez diverses personnes de distinction qui ouvraient leurs salons à bon nombre d'invités. Il y avait cabinets de lecture, salles de conversation, et aussi malheureusement dans quelques maisons tables de jeu. Edouard et sa compagne se rendaient de préférence dans ces lieux, et y jouaient avec acharnement. Dans l'espace de deux ans, ils parvinrent, par cet indigne moyen, à réaliser une fortune colossale. C'est alors qu'ils purent contenter leur luxe. Parures les plus riches, équipages qui rivalisaient avec ceux de la cour; rien ne leur manquait. On les eût pris pour les plus grands

seigneurs du royaume. Mais, hélas! cette passion qui les dévorait ne put les retenir. Ils continuèrent à jouer ; la fortune leur
devint contraire et en moins d'un an, ils perdirent avec une
rapidité vertigineuse toutes leurs richesses. Ayant risqué leur
dernière pièce de monnaie, ils se virent bientôt plongés dans la
plus affreuse misère. Réduits à cet état, ils perdirent le courage. Habitués à des mets délicats, ils ne purent se faire à une
nourriture grossière, et ils devinrent l'un et l'autre d'une pâleur livide. Comment se livrer au travail après avoir toujours
vécu dans l'oisiveté? Edouard ne pouvant supporter plus longtemps cet état de choses, dit un jour à Cécile : « Nous ne devons pas survivre à notre ruine. Il n'y a plus d'espoir pour
nous de sortir de l'abîme. Pourquoi traîner partout notre malheureuse existence? » et lui montrant une fiole remplie d'un
liquide mortel : « Prenons ce breuvage et dans deux heures ce
sera fini de nous. » A ces mots prononcés avec le plus grand
calme, Cécile se crispa ; à vingt-cinq ans on n'est pas encore
dégoûté de la vie ! « Non, lui dit-elle, je ne consentirai jamais
à me donner la mort. La fortune qui nous a trahis peut encore
nous sourire. D'ailleurs, il ne faut reculer devant aucun moyen
pour nous procurer de l'argent. Le marquis de M*** qu'autrefois vous vouliez perdre, afin de vous emparer de sa fortune,
est toujours à la tête de son gouvernement ; il paraît même
qu'il n'est pas fort bien en cour, pour avoir signalé au roi avec
trop peu de ménagement quelques défauts dans la machine
administrative. Une foule de courtisans, jaloux de ses vertus
et de ses talents, sont prêts à vous appuyer. Ne manquez pas
une occasion si belle de refaire notre fortune. Je vous en prie,
si vous m'avez jamais aimée, suivez mon conseil, et agissez
sans retard. » Edouard entra dans une violente colère. « Jamais je ne commettrai un crime aussi lâche. Je succombe déjà
sous le poids des remords. Il ne me reste plus qu'à mourir;

les crimes que j'ai commis crient vengeance. J'ai juré à mon frère de ne jamais perdre cet homme de bien. » C'était le dernier cri de sa conscience, le dernier bon sentiment dans une âme à laquelle de pieux parents avaient donné des principes chrétiens. Edouard, à ce cruel moment, se souvenait de son père et de sa vertueuse mère ; son frère lui apparaissait dans tout l'éclat de sa vertu. Mais Cécile se jetant à ses pieds, et baisant ses genoux, acheva de l'entraîner au crime. Dans le cœur d'Edouard, le forfait est consommé. Au même instant entra dans leur appartement plus que modeste, un homme sinistre ; c'était un juif, cet ami d'Edouard qui avait ourdi avec lui la trame scélérate qui va enfin avoir son triste dénouement. Il s'était ruiné par ses débauches. Les deux amis tombèrent d'accord sur les moyens les plus propres à faire réussir leur criminelle entreprise.

Sur-le-champ, ils se mirent à l'œuvre, et dénoncèrent au roi le marquis de M*** comme un concussionnaire. « Cet homme, disait-il au roi, dans la lettre qu'ils lui adressèrent, cet homme que Votre Majesté a comblé de ses bienfaits, à qui elle a confié un gouvernement important dans le royaume, a mis le comble à son ingratitude en retenant des sommes considérables qui appartenaient au Trésor. Ce n'est pas assez ; il excite sous-main vos sujets à la révolte et n'aspire à rien moins qu'à renverser le trône de Votre Majesté ». Les courtisans ennemis jurés du marquis achevèrent de persuader le roi, qui révoqua cet homme de bien de ses fonctions, et ordonna qu'il fût amené à Paris et jeté en prison. Les juges, gagnés par les courtisans, le condamnèrent pour vol des deniers du Trésor, et pour excitation à la révolte, à être privé de tous ses biens, et à la réclusion perpétuelle. Le noble marquis que la fortune et l'élévation n'avaient jamais ébloui, fort de son innocence, supporta en chrétien le malheur qui le frappait, espérant tout de la justice de Dieu. Ses nombreux amis prirent soin de sa femme et de ses enfants. Les indignes courtisans, satisfaits, proposèrent au roi d'accorder à Edouard et à Ismaël une partie des biens de la victime, en récompense du service important qu'ils venaient de lui rendre, en lui dénonçant les crimes de lèse-majesté dont ce haut fonctionnaire s'était rendu coupable ; ce qui leur fut accordé.

Le crime était accompli. Edouard et Cécile se retrouvant à la tête d'une fortune, reprirent leur ancienne manière de vivre, et étouffèrent dans les plaisirs du monde les remords de leur conscience. Les voilà engagés dans la voie du mal, d'où ils ne sortiront plus.

Pendant qu'Edouard déshonorait ainsi son nom et sa famille, Paul de Valfleury continuait à suivre les sentiers de la vertu. Epuisé par les travaux nombreux auquels il se livrait, tant pour l'éducation de ses enfants que pour le bien de l'association des amis de la religion, il partit cette année avec toute sa famille dès le mois d'avril afin de passer dans son château toute la belle saison, et de puiser de nouvelles forces dans le calme et le repos. C'est avec le cœur navré qu'il quitta son ami l'abbé de G..., le marquis de V... et tous les associés. Le bon pasteur contint avec peine sa douleur, quand il vit s'éloigner son cher enfant, à qui il recommanda d'être bien fidèle à Dieu et de mener à la campagne une vie conforme à sa sainte vocation.

Dès qu'on fut arrivé au château, M. de Valfleury observa le règlement qu'il avait rédigé pour le temps des vacances, mais les heures de travail n'étaient pas si nombreuses à cause de l'état d'épuisement où il se trouvait, et aussi afin de reposer Augustin que l'ardeur apportée à l'étude avait beaucoup fatigué. Cependant l'oisiveté n'avait pas de place au château. Ce temps fut consacré utilement à des exercices pieux, à des visites de charité et à des promenades dans la campagne, souvent même à travers les bois.

Paul, dans la solitude où il vivait, ne connaissait rien de ce qui se passait dans la capitale, et c'est à peine si les événements politiques les plus remarquables parvenaient jusque dans sa retraite. Aussi ignorait-il le crime perpétré par son malheureux frère.

Augustin, qui avait alors seize ans, ne possédait pas seulement les qualités de l'âme et du cœur que nous lui connaissons, mais il brillait encore par tous les avantages physiques qui sont tant recherchés par les gens du monde. D'une taille au-dessus de la moyenne, il se tenait à ravir. Rien n'égalait la douceur de sa physionomie et la délicatesse de ses traits, qui néanmoins présentait tous les caractères de la fermeté. Cet extérieur si bienveillant, joint à ses vertus morales, le faisait aimer de toute la contrée. Les pauvres villageois qu'il avait fait ses amis, ne pouvaient se lasser de l'admirer et leur bonheur était grand quand ils pouvaient le posséder dans leur chaumière. Sa familiarité leur plaisait par-dessus tout. Jamais ils n'étaient si heureux que lorsque leur jeune seigneur s'asseyait à leur table et prenait part à leurs repas. Ses parents lui donnaient tout le temps de les visiter et de vivre ainsi avec eux. Jamais il ne sortait du château sans emporter une bonne somme d'argent; mais aussi, il faut le dire, à la louange de ce charitable jeune homme, il revenait chaque fois les mains vides.

On ne saurait trop faire remarquer combien grande était sa sollicitude pour les enfants des campagnes qui n'avaient pas eu comme lui le bonheur d'être nés de parents riches et de recevoir les bienfaits de l'instruction. A cette époque, chaque village n'était pas pourvu, comme de nos jours, d'un instituteur pour apprendre aux enfants à lire et à écrire. L'instruction ne sortait pas de la noblesse, et c'est à peine si elle avait pénétré dans la bourgeoisie de nos villes. Les pasteurs avaient toutes les peines du monde à introduire dans ces jeunes esprits les premières notions de la doctrine chrétienne. Mais comment Augustin remédia-t-il à ce mal? Il fit jouer tous les ressorts de sa charité et de sa patience. Avec l'autorisation de son père, qu'il trouvait toujours prêt à le seconder dans ses bonnes œuvres, il réunissait chaque jour tous les enfants du village pendant deux heures, soit dans une salle du château, soit dans le parc sous l'ombrage, quand le temps le permettait, et les initiait à la lecture. Après plusieurs mois d'un labeur quotidien de la part du Maître, la plupart de ces pauvres enfants surent lire et écrire. Ils étaient émerveillés de leurs progrès et, le soir, chez leurs parents, qui en bénissaient Dieu au fond de leur cœur, ces petits êtres, naguère si ignorants, faisaient une petite lecture dans la vie des saints, dont les exemples, ainsi connus, produisirent des fruits excellents.

Augustin, après ces leçons de lecture, donnait quelques instants de récréation à ses élèves, jouant avec eux, car il comprenait que devant Dieu le riche et le pauvre, le grand et le petit sont égaux, qu'ils ont tous été rachetés par le sang de Notre Seigneur Jésus-Christ, et qu'ils sont tous destinés au même bonheur. Il leur faisait ensuite une petite instruction sur la religion, exerçant déjà son zèle apostolique, et les disposait à recevoir avec fruit la parole de Dieu que leur annonçait leur pasteur. Il insistait principalement sur la bonne tenue aux saints offices, sur le recueillement que l'on devait avoir dans la maison de prière, en la sainte présence de Dieu. Il lui convenait bien de parler de la sorte à ses élèves, lui qui était un modèle de foi, de piété et de recueillement, lui qui édifiait tous les fidèles et qu'on ne pouvait voir à l'église sans être profondément touché.

Le dimanche, il assemblait ses enfants, avant la messe, et

les conduisait lui-même à l'église. Se plaçant derrière eux, il veillait avec soin sur leur conduite. Si quelqu'un se laissait aller à la dissipation, il allait le réprimander, et lui rappeler que Dieu était présent dans ce lieu, et qu'on célébrait le saint Sacrifice. Après les offices, il récompensait les plus sages en leur donnant des gravures religieuses ou des petits chapelets qu'il avait apportés de Paris à cette intention. Quand la sainte Messe était terminée, il les ramenait au château de son père où un banquet leur était servi. C'est lui qui présidait à ces petites réunions où son cœur jouissait d'un bonheur sans mélange.

La joie régnait sur tous les visages, et on se livrait ensuite à toutes sortes de jeux. Paul et Eugénie profitaient de ces moments pour faire ensemble une promenade dans leur propriété, et s'entretenir des grâces que Dieu ne cessait d'accorder à leur enfant. Ils avaient bien sujets d'être fiers d'Augustin, qui montrait par toutes ses actions ce qu'il saurait faire un jour dans le sacerdoce. Le soir, après l'office des Vêpres, il congédiait ses enfants en leur recommandant d'être bien sages et de ne causer, par leur conduite, aucune peine à leurs parents.

Augustin, au milieu de ses amis de la campagne, n'oublia pas ceux qu'il avait laissés dans la capitale. Tous les jours il pensait à Isidore et à sa famille. Qu'ils seraient bien ici, se disait-il, comme ils seraient heureux parmi ces braves gens ! Il demanda à son père de faire venir à Valfleury cette famille à laquelle il avait apporté la paix avec la religion et de l'y fixer. « Ne laissez pas ces bons amis à Paris où le mal est en honneur, dit-il un jour à son père. Vous savez qu'Isidore est jeune dans la foi ; vous n'ignorez pas qu'il fréquentait autrefois une foule de gens pervertis qui pourraient encore le détourner du bien, et le ramener dans la mauvaise voie qu'il suivait avec eux. Appelez-le auprès de nos bons villageois qui craignent Dieu et qui pratiquent les maximes de l'Evangile. La foi d'Isidore s'affermira, sa piété trouvera ici un aliment continuel. Vous ferez construire pour lui et sa famille une petite ferme, et vous lui donnerez quelques terres à cultiver. Ses enfants grandissent, et ils pourront travailler avec lui. » Paul goûta les paroles de son fils et adopta, sans hésiter, la proposition qu'il venait de lui faire. Il écrivit donc de suite à Isidore et lui envoya l'argent nécessaire pour effectuer le voyage. Celui-ci adressa au comte une lettre pleine de reconnaissance, en le priant surtout de remercier Augustin qu'il regardait comme l'auteur de ce nouveau bienfait. Tous les habitants du village prêtèrent leur concours, et en quelques semaines une charmante habitation était prête à recevoir Isidore et sa famille. Le meilleur accueil les attendait. Aussi le jour de leur arrivée fut-il un jour de fête pour tout le pays. Paul les reçut avec la plus grande bonté. Quant à Augustin, sa joie ne connut pas de bornes. Dès qu'il aperçut au loin la voiture qui amenait ses protégés, il courut au devant d'eux, et se jetant au cou de son ami, il lui exprima toute sa satisfaction de le voir s'établir dans le domaine de ses parents. Il embrassa tous les enfants qu'il aimait comme des frères, et conduisit toute cette famille au château où un banquet était préparé. Les voyageurs purent ainsi refaire leurs forces épuisées par un si long voyage. Confus de tant de bonté, ces braves gens ne surent comment en témoigner leur reconnaissance. Ils se crurent transportés dans un autre monde.

Les nouveaux venus furent installés dans leur maison, entourés des sympathies de toute la population. Ils se montrèrent dignes des bienfaits du comte et de la bienveillance des habitants, et furent bientôt considérés comme étant du pays. Isidore avait un fils vigoureux et d'une âme fortement trempée qui se nommait Louis. Augustin en fit son ami le plus intime, quoiqu'il fût d'une condition inférieure à la sienne. Remplis l'un et l'autre d'un grand esprit de foi, et d'une solide piété, ils se jurèrent une amitié inviolable. Cette amitié jurée devant notre Seigneur, au pied de l'autel, ne se démentit jamais, et nous aurons occasion d'admirer plus tard les merveilles qu'elle produisit.

M. de Valfleury et les siens se rendaient agréables à Dieu par les bonnes œuvres qu'ils ne cessaient de faire pour son saint nom, et ils vivaient contents. Mais Dieu qui éprouve toujours ses meilleurs serviteurs ne devait pas les laisser long-temps exempts de peines. Il les aimait trop pour ne pas les éprouver. Le château du comte était construit au pied d'une magnifique colline sur le penchant de laquelle étaient situées les dépendances du vieux manoir. Paul aimait à gravir ce côteau avec son fils et à s'asseoir sous l'ombrage des arbres qui dominaient la vallée, et d'où il pouvait découvrir toute la contrée. Un jour du mois d'août, après le repas du soir, le père et le fils s'étaient rendus, selon leur coutume, dans ce lieu solitaire pour y parler des progrès que l'esprit du mal faisait dans la société. Absorbés dans leurs réflexions, ils n'entendirent pas d'abord une voix qui les appelait. Ils virent bientôt auprès d'eux le pauvre Jacques contenant avec peine sa respiration. « Monsieur le comte, un voyageur vous attend au château ; Madame l'a fait entrer au salon, et m'a prié de venir vous chercher ». Ils descendirent à la hâte, et Paul serra bientôt dans ses bras son frère qu'il n'avait pas revu depuis la terrible scène que nous avons décrite. Cette fois Edouard n'était plus sombre, et parut répondre au bon accueil qu'on lui fit. Il était arrivé en carrosse. Deux superbes coursiers l'avaient amené au château de son père où il avait passé sa jeunesse. Il semblait revoir avec plaisir ces lieux de son enfance. Cependant quand il visita la salle où se trouvaient réunis tous les portraits

de la famille, il sembla interdit devant ceux de son père et de
sa mère, et tomba dans une sorte de morne stupeur; ce qui
n'échappa pas aux regards vigilants de Paul et d'Augustin. Ils
ne purent néanmoins s'expliquer la cause du malaise éprouvé
par Edouard, qui ne tarda pas à se remettre de ce moment de
défaillance. Sa conscience venait de parler pour la dernière
fois.

Paul crut que son frère ayant changé de conduite avait, par
le négoce à Marseille, fait fructifier la fortune qu'il lui avait
abandonnée. Les rapports entre les deux frères ne laissaient
rien à désirer, et pendant plusieurs jours, ils vécurent en si
bonne intelligence que M. de Valfleury en remercia Dieu, persuadé que son frère ne lui avait pas juré en vain une affection
éternelle.

Edouard trouva un grand changement dans la famille, où
les enfants avaient grandi et faisaient l'ornement de leurs vertueux parents. Augustin frappa ses regards, lui qu'il avait vu
tout enfant, et qui était devenu un grand jeune homme, sérieux
et parfaitement instruit. La haute vertu de son neveu, au lieu
d'exciter en lui un sentiment de joie, lui déplut souveraine-
ment, et jamais il ne donna à cet intéressant jeune homme une
marque d'amitié. C'était cependant lui qui, tout jeune, avait
introduit la coutume qui ne s'est jamais perdue dans la famille
de prier pour la conversion d'Edouard.

Paul, en compagnie d'Augustin, conduisit son frère dans plusieurs habitations du village, afin de lui montrer tout ce qui
avait été fait dans l'intérêt des fidèles sujets de leurs ancêtres.
Partout le comte et son fils étaient reçus avec joie. Quant à
Edouard, c'est à peine si ces paisibles habitants de la campagne qui le connaissaient fort bien, et à qui il n'avait jamais
fait que du mal, semblaient s'apercevoir de sa présence. L'impie en fut piqué au vif. La bonne tenue des enfants, l'instruc-

tion quoique sommaire qu'ils possédaient, le bonheur de la famille d'Isidore, tout cela qui était l'œuvre d'Augustin, ne contribua pas peu à remplir de haine pour le jeune homme le cœur perverti de ce méchant homme. Quant il revint après toutes ces visites, il avait perdu la fausse gaîté qu'il avait laissé paraître jusqu'alors. Ne pouvant demeurer plus longtemps dans un lieu qui lui rappelait le souvenir de ses parents, où son frère et son neveu avaient fait tant de bien, et où tout ce qu'il voyait ranimait au fond de son âme les remords les plus cuisants, il annonça son départ pour le lendemain, et chargea son laquais de préparer son carrosse dès l'aube du jour. La soirée s'était passée fort amicalement, chacun se retira pour prendre le repos de la nuit.

A peine l'aurore avait-elle fait son apparition, que la famille se réunit dans le salon pour prendre congé d'Edouard, qui vint bientôt se placer auprès de son frère. Madame de Valfleury et Augustin étaient présents à ce départ. A ce moment le visage d'Edouard se contracta : « Je ne veux pas partir de ce lieu, dit-il, sans vous faire connaître le but de mon voyage. Je me suis aperçu que vous ignoriez ce que j'ai fait il y a quelques mois. C'est à moi de vous en instruire. Ne m'interrompez-pas ; je n'ai que peu de mots à vous dire. Malgré votre bon accueil, mon court séjour dans cette demeure laissera en moi la plus fâcheuse impression, car je vois avec peine que vous êtes toujours imbus de mêmes chimères. Croyez-vous que nous sommes encore à cette époque où les hommes, nobles et serfs, se prosternaient devant un être imaginaire qu'ils appellent Dieu ? Le fanatisme n'est plus de mise. Non-seulement vous demeurez dans l'ignorance, mais vous y tenez encore tous vos sujets. Votre fils s'attache à ces fausses idées et en perd la raison. Vous verrez bientôt le peuple éclairé, faire bon marché de toute cette race de prêtres qui le tiennent dans l'ignorance et la servitude.

Mais je m'arrête ; menez le genre de vie qu'il vous plaira, peu m'importe. Je m'explique sur le secret que j'ai à vous dévoiler. Quand je vous ai quitté, emportant avec moi une partie de votre bien, je suis allé jouir de la vie avec Cécile, mais la misère ayant pris la place de l'opulence, j'étais résolu à périr, et à ne pas survivre à ma ruine. Mais Cécile, cette femme forte que j'ai eu le bonheur d'épouser, et qui, certes, ne donne pas dans tous vos travers, a ramené mon courage par ses bons conseils.

J'ai dénoncé M. le marquis de M., qui a été condamné à la prison perpétuelle, et le roi m'a fait don de sa fortune. Riche maintenant, je puis mener un train de vie tel que les princes du sang ne sauraient l'égaler. Inutile de critiquer ma conduite. Il s'agit, au contraire, de l'approuver ou de vous séparer de votre frère pour toujours. »

Pendant qu'Edouard continuait sur le même ton son infernal discours, Paul, brisé sous le coup de la douleur, s'était affaissé sans connaissance. Eugénie versait un torrent de larmes et semblait avoir perdu l'usage de la parole. Seul, Augustin, avait conservé assez de calme pour répondre aux paroles de perversité qui venaient de terrifier ses chers parents. Croyant que son père avait cessé de vivre : » Voyez, dit-il à Edouard, ce que vous avez fait de votre frère, il vous aimait tant qu'il aurait donné sa vie pour vous. Que Dieu, dans sa bonté, vous fasse miséricorde. — Sortez de cette maison ; mais soyez assuré que votre neveu vous pardonne et qu'il ne cessera de prier pour vous pendant tous les jours de sa vie. »

Edouard, à ces paroles de magnanimité devint furieux, et se précipitant sur Augustin, le frappa vigoureusement, l'étendit à terre, et prenant la fuite : « Souviens-toi, enfant de malheur, que je te jure une haine éternelle. Ton père n'est plus pour me reprocher mes crimes. Je ne vivrai tranquille que lorsque tu

seras auprès de lui. Tu n'échapperas pas à ma vengeance. »
Il monta en voiture et s'éloigna rapidement.

Aux cris de détresse poussés par la pauvre Eugénie, tous
les gens de la maison accoururent. Un spectacle horrible frappa
leurs regards : Madame de Valfleury, éperdue, folle de douleur,
tient Paul dans ses bras, et regarde son fils gisant au milieu
d'une mare de sang. On transporte le pauvre enfant dans un lit,
et on prodigue au comte les soins que réclame son état. Il ne
tarda pas à recouvrer toute sa connaissance, et s'empressa de
rassurer sa douce Eugénie. Lorsqu'il vit le tapis du salon souillé
de sang, il devina tout le crime. Conduit auprès du lit où son
fils était étendu sans donner aucun signe d'existence, Paul
l'inonda de ses larmes et de ses caresses, et eut le bonheur de
le rappeler à la vie. La joie que les deux époux éprouvèrent en
voyant revivre ce fils bien-aimé, leur fit oublier la visite
d'Edouard et son triste dénouement. Ils questionnèrent Augustin sur la fuite de celui qui n'avait pas craint de profaner la
maison de ses pères. Le pauvre jeune homme, heureux de sourire à son père qu'il avait cru mort, quoique épuisé par la perte
de son sang, raconta ce qu'il dit à son oncle, la fureur dans
laquelle celui-ci était entré, et les coups qu'il lui avait portés.
Mais afin de ne pas effrayer ses parents, il garda au fond de son
cœur les paroles de haine et de vengeance que l'impie avait pro-
férées contre lui.

Toute la famille, avec les gens de la maison, se réunit autour
du lit de ce saint enfant, pour remercier Dieu de l'avoir épargné, et le prier de guérir ses blessures.

VI

L'ORAGE

Le bruit de ce tragique événement se répandit bientôt dans toute la contrée. Les habitants du village, qui avaient remarqué, sans se l'expliquer, la fuite précipité du frère de leur seigneur, en comprirent alors le motif. On vit accourir ces braves gens aux portes du château, demandant avec larmes l'autorisation de voir leur jeune bienfaiteur. Isidore ne fut pas le dernier. Introduit auprès du malade, il lui baisa affectueusement les mains, et, à la vue des blessures dont son protecteur était couvert, il versa d'abondantes larmes. L'empressement que mirent tous les bons villageois à visiter Augustin fut extra-

traordinaire, et montra combien il était cher à toute la population.

Cependant son mal inspirait des craintes sérieuses pour sa
vie. Aussi M. de Valfleury envoya le fidèle Jacques à la ville
prier le médecin de venir en toute hâte. Il reçut même l'ordre
de le ramener avec lui, s'il le pouvait. Le fidèle serviteur partit
sur le champ et revint bientôt, accompagné de l'homme de
science. Après avoir considéré attentivement toutes les blessures d'Augustin, le médecin déclara, à la grande satisfaction
de tous les assistants, qu'aucune n'était mortelle, et qu'avec
des soins et beaucoup de ménagements le blessé ne tarderait
pas à être rétabli.

La bonne impression que cette nouvelle produisit sur M. et
Madame de Valfleury, se communiqua à tous les bons villageois qui avaient craint un moment que leur consolateur ne
leur fût ravi. On ne s'occupa plus, dans toutes les chaumières pendant plusieurs jours, que de ce terrible évènement.
Cette indigne conduite d'Edouard n'étonnait personne, car
son caractère et son impiété étaient bien connus de tous ces
braves gens. On comparait les deux frères, maudissant l'un,
et bénissant M. de Valfleury, l'homme de bien, selon le cœur de
Dieu.

Jamais population n'avait témoigné plus d'affection à son
seigneur, que ne le fit en cette circonstance le peuple de Valfleury.

Le comte et sa vertueuse épouse ne quittèrent plus le lit de
de leur enfant. Ils lui prodiguèrent tant de bons soins, qu'après
une semaine, il put sortir de sa chambre et faire pendant
quelques instants une petite promenade dans le parc, appuyé
au bras de son père. Sa patience pendant tout le temps de sa
maladie fut inaltérable. Les remèdes, quelque mauvais qu'ils
fussent, il les prenait volontiers, sans se plaindre jamais de

leur amertume. Il étonnait par sa douceur et la résignation tous ceux qui l'approchaient. Dès le premier jour, il essaya de consoler ses parents que son état inquiétait au plus haut point, en leur disant d'un accent prophétique : « Pourquoi pleurer, je ne mourrai pas, car le bon Dieu veut que j'accomplisse ses desseins. Bien d'autres malheurs m'attendent encore, mais notre Seigneur Jésus-Christ me fera tout surmonter par sa grâce. Il a promis tout ceci afin de me disposer à de plus grandes souffrances. »

Dès que Paul s'aperçut que la vie de son fils ne courait plus aucun danger, il se mit à penser à la visite d'Edouard. Il repassa dans son esprit la conduite de celui-ci au château dès le jour de son arrivée, et cette affection hypocrite dont il avait fait parade ; il se rappela la scène du dernier jour, les paroles impies de son frère et l'aveu qu'il lui avait fait de son crime avec tant d'assurance. Là s'arrêtaient ses souvenirs, car la douleur avait été si intense, qu'elle lui avait fait perdre l'usage de ses sens. Toute ces pensées plongèrent M. de Valfleury dans la plus profonde tristesse. Il alla se jeter aux pieds du divin Maître, et se retrempa à cette source de toutes consolations. Il invoqua souvent la Très-Sainte Vierge, consolatrice des affligés, et sentit peu à peu son cœur soulagé.

M. de Valfleury prolongea d'un mois le séjour de sa famille à la campagne, afin qu'un long voyage ne vînt pas occasioner quelque rechute compromettante pour le rétablissement d'Augustin. Ce fut dans le courant du mois d'octobre, qui était ravissant cette année-là, que la famille reprit le chemin de la capitale. Le voyage se fit sans aucun accident. Arrivé à Paris, Paul s'empressa d'aller verser ses peines dans le cœur de son ami l'abbé de G. Quelle ne fut pas la douleur de ce saint prêtre quand il apprit tout le détail du drame dont les tristes scènes s'étaient déroulées au château de Valfleury. Son cher Augustin qu'il avait failli ne plus revoir avait été sauvé par une grâce toute spéciale de la Providence.

Il n'épargna ni paroles de consolation, ni soins empressés pour calmer la douleur de son vertueux ami. Il ne tarda pas à le rendre auprès de son cher Augustin que les fatigues du voyage avaient affaibli; et l'embrassant avec effusion : « Mon cher enfant, j'ai donc encore le bonheur de vous revoir, après que votre vie a été exposée à un si grand danger. Je bénirai Dieu toute ma vie de vous avoir conservé. Qui ne saurait voir là les marques de ses desseins sur vous. C'est votre première épreuve; Dieu seul sait celles qui vous attendent en grand nombre. Sachez souffrir, mon cher enfant, afin qu'à l'heure du combat vous ne tombiez pas en défaillance. Le bon Dieu vous a choisi pour son soldat; préparez-vous à combattre glorieusement les combats du Seigneur. »

Une fois par semaine le bon pasteur célébra la sainte messe pour M. de Valfleury et sa famille, et pour que le méchant Edouard se repentît de ses crimes. Sitôt qu'il avait un moment de loisir, il venait visiter ses amis, les consoler, leur parler de la religion, et les encourager à souffrir. Il leur disait souvent que Dieu éprouvait cruellement ses serviteurs, et qu'ils devaient s'estimer heureux de souffrir, car c'était la meilleure preuve que Dieu ne les abandonnait pas. C'est ainsi que le calme revint dans cette famille et qu'après quelque mois, les traces mêmes de ce mal semblaient avoir disparu.

Paul reprit ses occupations et s'adonna tout entier à l'œuvre de l'association. Son zèle fut infatigable, sa constance pour combattre les ennemis de l'église et de la société ne se démentit jamais. Il fut obligé d'interrompre le cours des études de son fils, à cause de l'état de faiblesse d'Augustin. Quoique hors de danger, il s'en fallait de beaucoup qu'il fût entièrement rétabli, et une application soutenue avec un travail sérieux l'eût trop fatigué.

Augustin sut mettre à profit le temps que lui laissa cette interruption, pour s'occuper d'œuvres de charité, pour visiter plus souvent ses pauvres et surtout ses chers malades. Mais il s'appliqua plus particulièrement à former son cœur selon le saint état dans lequel il se disposait à entrer. Tous les jours, il se rendait pendant plusieurs heures chez son père spirituel l'abbé de G. qui s'était chargé de son instruction sacerdotale. Ce pieux jeune homme vivait déjà comme dans un séminaire où les lévites se préparent d'une manière spéciale et immédiate à la prêtrise.

A Paris, se trouvait le siége de cette société fondée dans le seul but de préparer les élus de Dieu au saint état ecclésiastique, par le vénérable M. Olier. Cet homme de bien, plein de talent et d'une grande sainteté avait été suscité de Dieu pour cette œuvre importante. Il institua la société de Saint-Sulpice qui, après plusieurs siècles, n'a rien perdu de son esprit et de son zèle pour l'éducation sacerdotale du clergé.

A l'époque où se passaient les évènements que nous racontons, le séminaire de Saint-Sulpice jouissait de la considération la plus méritée. Il était dirigé par un homme d'un esprit ferme, d'un science profonde, et d'un cœur excellent, qui devait jouer un rôle important dans l'église de France sous la révolution, et qui sous l'empire devait faire trembler ce grand conquérant qui se montra si fier devant l'Europe vaincu et humiliée. M. Emery tenait alors en mains le gouvernement de cette société et de ce séminaire, où de tous les points de la France et de l'étranger, les jeunes gens venaient se disposer à recevoir dignement les saints ordres.

Augustin avait hâte d'aller dans cette pieuse maison achever son éducation cléricale, et se consacrer irrévocablement au ser-

vice de Dieu. Il fut convenu que pour rétablir entièrement sa
santé, il se reposerait jusqu'au mois d'octobre 1789, époque
de la rentrée des vacances, et qu'alors il entrerait au séminaire
de Saint-Sulpice. Mais Dieu, dans ses desseins éternels, n'en
avait pas ainsi disposé. Il avait, au contraire, résolu de faire passer son serviteur par mille épreuves et de l'exposer à tous les
dangers.

Les esprits tant soit peu clairvoyants apercevaient depuis
longtemps un point noir à l'horizon, et prévoyaient une immense catastrophe. La France, depuis le règne ne Louis XV, se
précipitaient de jour en four dans l'abîme. Le vertueux
Louis XVI avait bien senti, quand il monta sur le trône, que le
poids des affaires pesait sur ses épaules, et qu'il n'aurait pas la
force de le supporter. L'état des finances étais déplorable. Pour
y remédier, le roi confia la charge de contrôleur des finances
d'abord à des hommes éclairés et intègres qui firent tout ce qui
dépendait d'eux pour rétablir l'ordre et combler le déficit;
mais le roi, mal conseillé, les écarta de la cour et des affaires,
les remplaçant par des hommes inhabiles comme le ministre
Calonne.

Louis XVI avait fait un choix heureux en appelant au ministère le vertueux Malesherbes et Turgot. Ces deux hommes cher-
chèrent à dominer la situation, et proposèrent des réformes;
mais ils furent disgraciés par suite de l'opposition qui s'éleva
contre eux, surtout de la part de la noblesse. Necker aurait pu,
par de sages économies et son plan de réformes rétablir les
finances, mais, comme les autres, il succomba, non tant sous
le poids des affaires que victime de l'opposition des grands.

C'est ainsi que le malheureux Louis XVI, prince vertueux,
s'acheminait vers sa ruine, qui serait aussi celle de la monarchie. Il eût été un excellent roi en des temps ordinaires, mais
il n'avait pas les qualités necessaires pour arrêter le flot révolu-

tionnnaire, ou pour le diriger. Il mit sa confiance en de vils
courtisans, et ne sut pas se servir des hommes vraiment capa-
bles qu'il eut plusieurs fois sous la main.

Turgot, qui avait su voir jusqu'au fond l'abîme où se jetait la
France, lui proposa souvent des mesures pour éviter la catastrophe. Ce contrôleur général, en quittant le ministère, écrivit
au roi : « Tout mon désir est que vous puissiez toujours croire
que j'avais mal vu, et que je vous montrais des dangers chimé-
riques. Je souhaite que le temps ne me justifie pas, et que
votre règne soit aussi heureux, aussi tranquille que vos peuples se le sont promis d'après vos principes de justice et d'é-
quité. »

Comment, en effet, n'eût-on pas prévu les plus grands
malheurs, quand on vit le peuple de Paris accueillir avec tant
d'enthousiasme celui qui n'avait cherché, durant tout le cours
de sa vie, qu'à introduire dans les cœurs la haine de la religion,
et le mépris des choses saintes. Voltaire, par l'incrédulité, avait
conduit le peuple à la révolution. Cet homme, l'ami intime du
roi de Prusse, de ce conquérant ennemi juré de la France,
vint à Paris terminer ses jours au milieu des applaudissements
d'une foule en délire. Quelle triste dégradation de la société!
Quel présage de ruine! Les hommes de foi solide tremblaient
en pensant à la colère de Dieu qui allait bientôt se déchaîner
pour punir le peuple français de ses infamies.

Un autre événement, par lui-même de peu d'importance,
montra assez combien les esprits tendaient à l'indépendance,
et au renversement de toutes les institutions. L'affaire du col-
lier d'or anima contre la reine Marie-Antoinette toutes les
colères. On n'épargna ni insultes, ni pamphlets. Les plus
ignobles caricatures paraissaient tous les jours contre la cour
et les ministres. La situation devenait de plus en plus tendue.
Le roi convoqua une assemblée de notables qui devait l'aider

à sortir de ce pas dangereux. Cette assemblée, réunie à deux reprises différentes, ne se croyant pas capable de dominer la situation, propose au roi de convoquer les états généraux. Depuis quelque temps déjà, ce mot d'états généraux avait été prononcé, et avait produit partout une grande agitation. Louis XVI aurait bien voulu les éviter, mais, trop faible pour arrêter le courant, il convoqua pour 1789 ces états où la nation était consultée sur ses plus graves intérêts. Les hommes avancés qui voulaient établir une nouvelle société sur les débris du trône et de l'autel, voyant que l'heure était venue d'agir, employèrent tous les moyens pour corrompre le peuple. Ils semèrent dans les villes et dans les campagnes la haine de la religion, du sacerdoce et de l'aristocratie. Paris surtout s'agitait, le peuple devenait menaçant. On n'en voulait pas encore à la personne du roi ; on était trop accoutumé à voir en lui une puissance qui représentait celle de Dieu. Mais cette populace si légère, si inconstante, avait été travaillée par les écrits des philosophes. Ce peuple, qui avait tant exalté Voltaire, quelques années auparavant, était tout rempli de ses doctrines et commençait à tourner en dérision la religion et ses ministres. On voyait souvent des ecclésiastiques, insultés, je ne dirai pas par la bourgeoisie, ni par la classe des gens honnêtes, mais par cette vile populace, comme on n'en rencontre que dans les grands centres.

Un jour, plusieurs jeunes gens, grands admirateurs de Voltaire, débauchés à l'excès, ennemis de Dieu et de son église, essayèrent, par une grosse plaisanterie, de tourner la religion en ridicule. Ils connaissaient l'extrême charité de l'abbé de G. et mirent à exécution leur projet sacrilége. L'un d'eux se présenta à la porte du saint prêtre à une heure déjà avancée, et le pria avec instance de venir préparer à la mort un jeune homme pour la guérison duquel il n'y avait plus de remèdes.

L'abbé de G. toujours prêt, quand il s'agissait de faire du bien,
cessant toute occupation, accompagna sans tarder celui qui
était venu le chercher. Pendant ce temps, les autres libertins
avaient tout préparé pour le recevoir. Il placèrent dans un lit
le plus dégradé de la bande, qui s'était offert à simuler le
moribond, riant déjà bien fort de la position plus que ridicule
dans laquelle allait se trouver le prêtre. Après mille détours
dans des rues étroites, le compagnon de l'abbé l'indroduit
dans une maison d'assez mauvaise apparence. Au second étage
une porte s'ouvre, et le vénérable prêtre est entouré d'une
dizaine de jeunes gens dont l'attitude lui paraît peu en harmonie avec le séjour d'un mourant dans cette demeure. Les uns
le regardent d'un air moqueur, les autres ne peuvent contenir
le rire sur leurs lèvres. L'abbé de G. ne comprenant rien à
tout cela : « Messieurs, leur dit-il, vous m'avez fait appeler
pour assister un pauvre malade à ses derniers moments, con-
duisez-moi, je vous prie, auprès de lui, afin qu'il ne meure pas
sans les secours de la religion. » On le mène auprès du faux
malade ; il le regarde, lui adresse quelques paroles de consolation, mais le moribond ne répond pas. Déjà, ses complices
admirent la manière ingénieuse dont il remplit son rôle.
Le prêtre continue, toujours aucune réponse. S'approchant
alors de plus près, il constata qu'il était arrivé trop tard,
et se tournant vers l'assistance : « Messieurs, dit-il, vous
avez été coupables de n'être pas venus me prévenir plus tôt,
votre malheureux amis a cessé de vivre. » A ces mots, les jeunes gens se précipitent sur le lit de leur compagnon de débauche, mais, hélas ! la réalité apparut dans toute son horreur. Par
une juste punition du ciel, celui qui avait voulu insulter Dieu
dans la personne de son ministre, et avilir la religion, avait
reçu le châtiment de son crime. Ces jeunes libertins, frappés de
stupeur à la vue de la vengeance divine, se jettent aux pieds du

saint pasteur et avouent leur crime. Celui-ci les relève, les excite au repentir, leur montrant la miséricorde de Dieu qui venait, par ce châtiment terrible, de les rappeler au bien. Il n'eut pas de peine à les persuader. Plein de contrition, ils confessèrent sur le champ toutes les fautes de leur vie, et promirent à celui qui les avaient réconciliés avec Dieu, d'être fidèles à notre seigneur Jésus-Christ, et de vivre en parfaits chrétiens.

L'abbé de G. se retira en admirant les desseins de la Providence. C'est ainsi que Dieu avait fait tourner à sa plus grande gloire, un projet médité dans un seul but de l'outrager, lui et son église.

Il n'était pas rares que les prêtres fussent maltraités ; mais les ennemis de Dieu n'étaient pas les plus nombreux. La grande majorité de la population continuait à vivre comme par le passé, respectant les lois de la société et celles de l'église.

L'association des amis de la religion défendait énergiquement la bonne cause, soit par les œuvres de charité qu'elle multipliait, soit par des écrits qui réfutait toutes les erreurs en matière de religion comme en politique. Une feuille, rédigée par M. de Valfleury et par son ami le marquis de V., paraissait chaque jour et dénonçait aux honnêtes gens les malheurs qu'allaient attirer sur la France ceux qui, méprisant le droit divin, promettaient la liberté et l'indépendance. Cet écrit quotidien attira bien des ennemis à ses auteurs, qui se virent ainsi exposés aux fureurs des partisans de la démagogie.

Ils en ressentirent bientôt les effets. Un soir du mois de décembre 1788, le marquis de V., rentrant dans son hôtel, fut assailli par une bande de cinq individus à mine sinistre, tels qu'on n'en voit qu'à la veille des révolutions ou pendant les tourmentes populaires. Ils avaient été payés par un homme qui jouera plus tard dans les temps de douleur amère pour la patrie un rôle de sang, afin de faire périr, dans une embuscade, cet intrépide défenseur de la foi et de la société. Dès qu'ils se furent saisis de sa personne, ils le conduisirent dans une maison voisine où se tenait déjà une société secrète composée de tous ces scélérats, et dont Robespierre était le président. A cette heure, il n'y avait dans la maison que les cinq bandits dont nous avons parlé. Tenant chacun un poignard à la main, prêts à frapper la noble victime, ils délibérèrent sur le genre de mort à appliquer à leur prisonnier. La marquis de V., plein de dignité et de fermeté devant la mort qui le menaçait, déploya un courage surhumain.

Un des assassins chez qui tout sentiment d'humanité n'était pas anéanti, fut touché du calme et du courage du condamné. Il plaida chaleureusement sa cause et parvint à obtenir un sursis à l'exécution, qui fut remise au lendemain. Il en profita pour aller lui-même avert'r les amis du marquis de V. de ce qui se passait. Vingt hommes de la garde du roi, ayant été prévenus à temps, se rendirent au lieu indiqué, au moment où le marquis allait tomber sous les coups des assassins. Il fut délivré, et les quatre bandits, arrêtés, furent jugés et livrés au bourreau.

Grande fut la joie des associés quand ils revirent le marquis qu'ils avaient cru assassiné. Le premier soin fut de remercier Dieu, et de le prier de vouloir bien veiller sur l'association et sur tous les membres. Cet événement jeta la consternation, non le découragement dans le camp des honnêtes gens. C'était pour eux une marque certaine de l'orage qui ne devait pas tarder à se déchaîner. L comte de Valfleury et ses amis ne sortirent plus dans la ville qu'en s'entourant des plus grandes précautions, et en évitant de se trouver hors de leur demeure, quand la nuit était arrivée. Ce n'est pas qu'ils fussent effrayés de la mort des martyrs, mais ils savaient que leur vie était nécessaire à la causse de Dieu.

Souvent Augustin s'entretenait avec son père de la marche des affaires, du souffle de révolution qui pénétrait partout, et ils pressentaient l'un et l'autre que, dans un prochain avenir, les plus grands malheurs s'appesantiraient sur la France.

DEUXIÈME PARTIE

PENDANT

I

PLUS DE DOUTE

La seconde partie de cet ouvrage a trait à la terrible époque de la révolution française ; notre récit sera si intimement lié aux faits historiques, qu'il est impossible de ne pas rappeler au lecteur les principaux évènements de cette époque que l'on étudie si peu de nos jours. L'abrégé de l'histoire de ce temps jettera un grand jour sur les faits que nous avons à raconter.

Qu'il nous soit donc permis d'interrompre un instant la suite de notre récit, pour parler le plus brièvement possible de la situation de la France à partir du moment où Louis XVI convoqua les Etats-Généraux.

Ce grand mouvement électoral ne se fit pas en un jour, mais

il parcourut lentement la surface du pays, et ses opérations successives se prolongèrent durant près de trois mois.

Le résultat des élections étonna la cour. Le tiers-état, c'est-à-dire le peuple, presque partout victorieux, avait nommé des hommes dévoués à sa cause. Un grand nombre de députés, dans l'ordre de la noblesse et dans celui du clergé, paraissaient pencher de ce côté. En présence des Etats-Généraux ainsi composés, les privilégiés ne devaient plus trouver de force que dans le désintéressement et la raison. Une résistance obstinée de leur part ne pouvait attirer sur eux et sur l'Etat que d'épouvantables calamités. Telle était, du moins, l'opinion des hommes qui réfléchissaient sur l'effervescence populaire, et qui ne voyaient pas sans inquiétude le besoin d'innovation dont la France entière semblait tourmentée.

Les Etats-Généraux s'ouvrirent à Versailles le 5 mai 1789, au milieu d'unanimes transports d'enthousiasme. Le peuple, qui ne doutait pas de l'amour de son roi pour la France, mêlait son nom et celui de la reine à ses acclamations. Mais, dès le lendemain, il y eut un dissentiment au sein de l'assemblée au sujet de la forme du vote. Aucun accord n'ayant pu s'établir, les députés du tiers-état se constituèrent dans la nuit du 5 juin, et cette nouvelle assemblée prit le nom d'assemblée nationale. Les membres qui la composaient se rassemblèrent au Jeu-de-Paume, et pressés autour de Bailly leur président, tous, la main levée, jurèrent de ne pas se séparer avant d'avoir donné une constitution à la France. Le lendemain, cent quarante membres du clergé se réunirent à l'assemblée nationale. Le roi enjoignit aux députés de se séparer et de se réunir aux autres ordres. Il envoya, à cet effet, auprès d'eux le marquis de Brezé pour leur signifier cet ordre. C'est alors que le célèbre Mirabeau, lui rappelant le serment du Jeu-de-Paume, lui répondit par ces mémorables paroles : « Les communes de

France ont résolu de délibérer. Quant à vous, Monsieur, vous n'avez ni place, ni voix dans cette enceinte. Allez dire à ceux qui vous envoient que nous sommes ici par la puissance du peuple, et qu'on ne nous en arrachera que par la force des baïonnettes. » L'assemblée décréta l'inviolabilité de ses membres. Louis XVI céda. La noblesse et le clergé se réunirent au tiers-état le 27 juin, et la nouvelle assemblée prit le nom d'assemblée nationale constituante.

Des insurrections eurent lieu à Paris, des barricades s'élevèrent dans plusieurs quartiers. Le 14 juillet, le peuple se précipita sur la Bastille et s'en empara. La nouvelle de cet évènement jeta la consternation à la cour. Alors ceux qui auraient dû défendre la monarchie, et la personne du roi, désespérant de pouvoir servir la royauté sur le territoire de la France, quittèrent la patrie, et donnèrent ainsi le signal de l'émigration ; funeste inspiration, faute grave, qui priva Louis XVI, au moment du danger, de ses plus fidèles défenseurs.

La prise de la Bastille avait eu un grand retentissement dans les provinces, plusieurs communes y répondirent par la prise de leur Hôtel-de-Ville, des arsenaux et des citadelles qui les dominaient. La dévastation dans certaines campagnes prit d'immenses proportions. Pour satisfaire ce besoin que le peuple éprouvait de tout renverser, l'assemblée nationale vota d'enthousiasme, dans la nuit du 4 août, l'abolition de tous les droits féodaux et priviléges, et l'admission de tous les citoyens aux emplois civils et militaires. Dans cette grande journée, les ordres privilégiés luttèrent de générosité.

Malheureusement l'assemblée ne demeura pas unie dans une communauté d'idées. Plusieurs partis y dominèrent, et le peuple de Paris s'agita continuellement. Le 5 octobre, il se porta en foule à Versailles, menaçant le roi et sa famille. Après cette journée, l'assemblée quitta Versailles, revint à

Paris avec le roi et s'établit dans la salle du Manége. C'est donc à Paris que la Constituante continua ses travaux au milieu de la fièvre qui remuait cette grande ville, et des motions les plus révolutionnaires qui sortaient des réunions politiques désignées sous le nom de clubs. Le plus fameux, entre tous, était celui des Jacobins dont la violence effraya même les hommes les plus avancés.

Le 14 juillet 1790, jour de l'anniversaire de la prise de la Bastille, l'assemblée institua la fête de la fédération. Mille délégués des départements se réunirent au Champ-de-Mars avec Louis XVI, l'assemblée et la garde nationale, afin de jurer fidélité à la nation, à la loi et au roi.

Cette fête avait semblé être le lien de la réconciliation, qui ne fut pas de longue durée. Les divisions éclatèrent à l'occasion d'une constitution civile du clergé que Louis XVI, sous le coup des volontés populaires, signa d'une main tremblante. Le flot révolutionnaire devenait si menaçant que les émigrations se multiplaient. Aussi les députés violents de l'extrème gauche proposèrent-ils une loi sur les émigrés (28 février 1791), que Mirabeau, par son audace et son éloquence, fit ajourner. Ce fut son dernier triomphe, car il mourut peu de temps après, emportant avec lui le dernier espoir de la monarchie. Pendant ce temps, les émigrés sollicitaient le secours des puissances étrangères, qui formèrent une coalition contre la France. Cet évènement hâta la chute de la royauté, et Louis XVI n'eut plus que le titre de roi. Prisonnier dans son palais, il était moins libre que le dernier de ses sujets. Il résolut de quitter le territoire français, espérant, à la tête de l'armée réunie par les émigrés, traiter avec l'assemblée nationale et lui dicter des lois. Parvenu dans la nuit du 21 juin 1791 à tromper la surveillance de ses gardes, il s'enfuit de Paris avec sa famille. Mais reconnu à Varennes, il fut arrêté et ramené à Paris par les commissaires de l'assemblée.

Le lendemain de la seconde fédération, la Constituante déclara Louis XVI déchu de ses fonctions jusqu'à ce que la constitution fût achevée. On parlait déjà de substituer la république à la royauté. Les Jacobins proposèrent la déchéance du roi. Cette pétition fut déposée au Champ-de-Mars sur l'autel de la patrie. Le peuple, soulevé par Danton et Camille Desmoulins, les plus violents des Jacobins, se rendit au Champ-de-Mars et ne put contenir sa fureur. Mais rien ne fut décidé. Les partisans de la royauté redoublaient cependant d'efforts pour obtenir l'intervention des puissances étrangères, et le roi de Prusse, Frédéric-Guillaume, menaça d'envahir la France, si le roi Louis XVI n'était rendu à la liberté, et les actes de la révolution abrogés.

A ce défi, l'assemblée répondit en décrétant la levée de cent mille gardes nationaux, et en réunissant à la France Avignon et le Comtat Venaissin. Après cet acte, la Constituante se sépara. Elle renfermait de beaux talents et de nobles cœurs, mais elle n'avait pas toujours procédé avec prudence et mesure. Elle avait commis des fautes graves, imprimé à la société un ébranlement général, et ouvert de profonds abîmes.

En se retirant, elle fit place à l'assemblée législative, qui s'ouvrit le 1er octobre 1791. On vit, dès les premières séances, se dessiner les partis principaux : les républicains modérés appelés Girondins ; les exaltés ou Jacobins formèrent la Montagne. Ils s'appuyaient au dehors sur les chefs des factions démocratiques, tels que Robespierre qui disposait du club des Jacobins, et Danton, le héros de la populace. Les députés désignés sous le nom de Feuillants essayèrent de sauver la monarchie, mais ils étaient en trop petit nombre. Cette assemblée, hostile à la royauté, débuta en abolissant le titre de majesté, et menaça de la peine de mort les émigrés qui ne seraient pas rentrés en France avant le 1er janvier. Enfin, elle priva de leur traitement tous les prêtres qui refusaient de prêter serment à la constitution civile du clergé. Louis XVI, ayant opposé son veto à cette mesure injuste, devint suspect.

Les Girondins parvinrent à composer le ministère, et l'assemblée déclara la guerre à l'Autriche, qui favorisait les desseins des émigrés. Aussi commença cette guerre qui allait se prolonger durant vingt-cinq ans et mettre l'Europe en feu.

La France, dès le début, n'éprouva que des revers. La haine du peuple, quand il apprit ces nouvelles, retomba sur l'infortuné Louis XVI, qui fut accusé d'entretenir des intelligences avec l'ennemi. L'assemblée ayant décrété la déportation des prêtres, le roi refusa de la sanctionner. Alors le ministère girondin, ne pouvant vaincre la résistance de Louis XVI, donna sa démission et organisa une formidable émeute. Le roi, dans cette journée du 20 juin, courut le plus grand danger, mais sa noble attitude déconcerta les rebelles. Une grande partie de la population de Paris, indignée, signa des protestations en sa faveur et anima les provinces d'une respectueuse pitié pour la famille royale.

Mais cette réaction fut de courte durée. Les préparatifs de guerre des puissances étrangères ranimèrent la fureur du peuple. L'assemblée déclara la patrie en danger. (11 juillet 1792).

Cette déclaration imprima un nouvel élan aux passions révolutionnaires, et des milliers de volontaires vinrent s'enrôler pour marcher à la défense de la patrie. Les meneurs des clubs, et surtout les Jacobins, fomentèrent une nouvelle émeute que l'insolent et impolitique manifeste du duc de Brunswick fit éclater. Ce général de l'armée d'invasion déclarait, au nom de l'empereur, que si la moindre insolence était faite au roi et à sa

famille,. il en tirerait une vengeance éclatante, en livrant Paris
à une exécution militaire et à une subversion totale.

Il n'en fallait pas tant au peuple de Paris pour le porter aux
derniers excès. Petion, ayant demandé la déchéance du roi à
l'assemblée, qui n'osa encore se prononcer, excita le peuple
qui, le 10 août, se porta sur le château des Tuileries. Le roi
se réfugia au sein de l'assemblée avec sa famille. Pendant ce
temps, les insurgés pénétraient dans le palais, massacrant les
gardes du roi, brisant les portes et dévastant tous les apparte-
ments. Cette foule triomphante entra dans la salle des séances,
imposant ses volontés à l'assemblée législative, qui décréta la
suspension du pouvoir exécutif et convoqua une convention
nationale pour décider du sort de la royauté (10 août 1792).

Toute l'autorité passa dans la Commune de Paris qui avait
fait la journée du 10 août. A la famille royale déchue elle
donna une prison, et l'enferma dans la tour du Temple, où
l'infortuné monarque et les siens furent plus grands dans le
malheur qu'ils l'avaient jamais été sur le trône.

Sur ces entrefaites, le bruit de la prise de Verdun par les
Prussiens se répandit dans Paris. Le tocsin sonne de toutes
parts ; le canon d'alarme retentit, et les citoyens reçoivent
l'ordre de se tenir prêts à marcher à l'ennemi. Des assassins
conduits par le sanguinaire Marat et les autres chefs de la
Commune, profitant du désordre général, se portent aux prisons des Carmes, de l'Abbaye, du Châtelet et de la Salpétrière,
de Bicêtre, etc., et pendant les journées des 2, 3, 4 et 5 septembre égorgent sans pitié, sans aucune forme de justice, tous
les détenus royalistes et un grand nombre de prêtres qui n'a-
vaient pas voulu prêter serment à la constitution civile du
clergé. Quel fut le nombre des victimes ? Nul ne le sait, car le
silence le plus mystérieux enveloppe ces massacres. Ce fut au
milieu du sang répandu, et qu'elle n'osa pas venger, que l'as-

semblée législative termina ses travaux. Elle se sépara le
20 septembre 1792, et fut remplacée par la convention nationale qui devait épouvanter le monde par ses crimes.

Reprenons ici notre récit au point où nous l'avons laissé.
M. de Valfleury et ses amis, pressentant la tourmente révolutionnaire, avaient fait, ainsi que nous l'avons dit, une guerre
acharnée à ceux qui répandaient le venin dans la société. Nous
les avons vus à l'œuvre ces fidèles serviteurs de Dieu et de la
France qui, malgré le coup d'œil perçant qu'ils jetaient dans
l'avenir, n'auraient su prévoir jusqu'à quelles extrémités en
arriveraient les démollisseurs de la société. Notre cher Augustin, à l'époque de l'ouverture des États-Généraux, paraissait
entièrement remisde ses blessures. Il avait vingt ans, et, grâce
à la forte éducation qu'il avait reçue, il était parvenu à un
degré de maturité au-dessus de son âge. Plein de zèle pour la
gloire de Dieu, à mesure que les temps devenaient plus difficiles, il luttait avec la plus grande énergie contre l'esprit du
mal, par les œuvres d'une charité inépuisable. Il fit même paraître plusieurs articles dans la feuille que rédigeait son père,
et les plus distingués d'entre les membres de l'association. Il
révéla un véritable talent d'écrivain. D'ailleurs, sous la direction
de M. de Valfleury, ses études littéraires et philosophiques
avaient été poussées avec vigueur, et il savait, par un raisonnement serré, réduire à néant les sophistes si nombreux en ces
temps de violentes tempêtes. Tout jeune enfant, il avait eu une
aptitude toute particulière pour l'étude des sciences, dans
laquelle il avait fait des progrès sérieux. En un mot, il possédait toutes les qualités de l'esprit et du cœur, qui devaient faire
de lui un homme vraiment utile. Plus que jamais affermi dans
la résolution de se consacrer à Dieu, il ne pouvait contenir sa
joie à l'approche du jour où il allait entrer au séminaire de
Saint-Sulpice pour y achever son éducation cléricale. Son

jeune frère avançait à pas lents dans l'étude, malgré les efforts de M. de Valfleury ; il profitait néanmoins des leçons qui lui étaient données. La comtesse, dont nous avons admiré le noble caractère, se consacrait exclusivement à l'éducation de sa fille, qui grandissait en âge et en vertu. Cette belle famille, au début de la révolution française, habitait toujours le faubourg Saint-Germain. Ses relations avec le respectable abbé de G... et le marquis de N... étaient demeurées les mêmes que par le passé. Elles devinrent même plus intimes par suite de la marche des événements.

Les appréhensions de ces nobles cœurs, et de tous les membres de l'association se réalisaient de jour en jour, et pour eux, il n'y avait plus de doute sur le sort réservé à l'ordre social et à la sainte religion.

Le pauvre Augustin, qui avait attendu avec tant d'impatience le jour où il pourrait s'enfermer dans la retraite du séminaire, se vit privé de ce bonheur. Il eut été imprudent de l'y envoyer. M. de Valfleury, ayant résolu d'attendre des jours meilleurs pour laisser son fils suivre l'inclination de son cœur et sa vocation, lui adressa ces paroles prophétiques : « Mon cher Augustin, j'éprouve la plus grande peine de vous voir obligé de renoncer pour un temps à la noble carrière du sacerdoce. Les temps sont mauvais ; la révolution envahit notre société corrompue. Vous pouvez voir comme moi que Dieu, las enfin des crimes d'une nation qu'il a comblée de ses plus abondantes bénédictions, la livre à l'esprit de ténèbres qui va la précipiter au fond de l'abîme. Les plus grandes calamités vont s'appesantir sur la France ; tout s'ébranle ; la royauté est sapée jusque dans ses fondements ; l'anarchie lui succèdera, et le règne du brigandage et du meurtre détruira tout ce qu'il y a de plus sacré. L'attitude de l'assemblée nationale laisse voir que le flot révolutionnaire ne pourra être arrêté, et que la religion elle-même souffrira la persécution. Né perdons pas courage dans ces temps malheureux et soyons fidèles à notre Dieu ; supplions-le, en nous unissant à tous les saints, de ne pas anéantir notre patrie, mais de la faire revivre après l'avoir régénérée. Demandons-lui que l'église de France ne se laisse pas abattre par la persécution qui se prépare, mais qu'elle se raffermisse au sein de la souffrance. Le bon Dieu veut, avant de vous élever à la sublime dignité de prêtre, vous éprouver. Qui sait ce que vous aurez à endurer pour la bonne cause. Soyez toujours pieux et fidèle à votre vocation. »

Ainsi M. de Valfleury et ses amis n'avaient plus de doute ; ils voyaient déjà, dès la première année de la révolution, les ruines qui allaient s'amonceler en France, et l'église en proie à la plus violente persécution. Le 15 juillet 1790, après la fête de la fédération, M. de Valfleury, pour soustraire sa famille aux fureurs de la populace, qui ne gardait aucun ménagement vis-à-vis des gens de bien, partit avec elle afin d'habiter définitivement son château, et de vivre au milieu de ses sujets qu'il avait à cœur de mettre à l'abri des menées de la démagogie. Il fit part, quelque temps auparavant, de sa détermination à son confident et fidèle ami l'abbé de G... Il encouragea ensuite tout les membres de l'association, les exhortant à ne pas fléchir devant l'ennemi, mais à combattre vigoureusement pour la société et pour Dieu. Chacun versa des larmes quand on le vit quitter Paris. Le bon pasteur, ne contenant pas son émotion, embrassa tendrement son ami, et puis, serrant le jeune Augustin contre son cœur : « Mon cher enfant, rendez-vous digne de Dieu par votre patience au jour de l'épreuve. Que la lutte ne vous fasse point de crainte ; elle se prépare longue et acharnée; ne vous laissez pas abattre par les malheurs qui pourront vous frapper. Nous en sommes arrivés à un temps où tout est à redouter. Dieu, pour punir les crimes de la nation française, sa

fille de prédilection, va permettre aux passions de se déchaîner.
N'abandonnez jamais dans ces durs moments la cause de Dieu.
Enfant chéri, que j'ai tant aimé, je ne vous verrai plus en ce
monde ; laissez-moi vous recommander de faire toujours la consolation de vos parents, et quand les temps de paix auront succédé aux persécutions et à la haine, n'hésitez pas à vous consacrer à Dieu dans le saint état auquel il a daigné vous appeler. »

La famille de Valfleury, s'arrachant des bras de ce saint
prêtre, quitta Paris et arriva en Franche-Comté huit jours
après, où elle fut reçue avec enthousiasme par la population si
dévouée à son seigneur. Le comte entretint encore des relations suivies avec ses amis, restés dans la capitale, tant que les
événements le permirent. Il était tenu au courant de tout ce
qui se passait.

La douce famille vivait en paix dans ce village de Valfleury,
où les troubles de Paris ne rencontraient aucun écho. Il n'en
était pas de même dans toute la France. Car plusieurs provinces, à l'exemple de la capitale, ne cessait de se révolter. Les
meneurs excitaient partout les populations contre la monarchie, la noblesse et le clergé.

Presque sur tous les points du territoire, on applaudissait
aux actes de l'assemblée constituante puis à ceux de la législative. On fit presque partout des réjouissances quand on connut
la constitution civile du clergé, les insurrections de la capitale,
l'arrestation de Louis XVI, son internement dans la tour du
Temple et le massacre des otages et des prêtres en septembre.

Les sujets du comte de Valfleury n'ignoraient pas tous ces
excès, mais ils demeuraient néanmoins fidèles à leur bon
maître, le chérissant comme un père. C'est qu'en effet, il les
traitait aussi bien que s'ils eussent été ses enfants, secourant

les pauvres et les malades, distribuant à tous les biens qu'il avait reçus de Dieu.

Quand il apprit la nouvelle des massacres de septembre, et la chute de la royauté, il tomba dans le plus grand abattement. Le géant de la révolution lui parut sur le point de tout engloutir, et lorsque l'assemblée législative, après avoir tout ébranlé, tout préparé pour le crime se sépara, il prévit qu'elle serait remplacée par une réunion d'hommes sanguinaires qui ne sauraient reculer devant aucun forfait pour assouvir leur haine contre la société et la religion.

II

TRAHISON

Quand M. de Valfleury eut quitté Paris, l'association ne cessa pas pour cela de fonctionner. Le marquis de V. en fut nommé vice-président. Tous ses membres redoublèrent d'activité et d'énergie. Plus les temps devenaient difficiles, plus l'esprit du mal faisait de progrès, et plus aussi l'association déployait de zèle. Mais elle commença à agir moins au grand jour, afin que ses membres ne fussent pas désignés à la haine de leurs ennemis.

Elle savait bien que ses efforts ne conjureraient pas le danger, qu'elle n'écarterait par les calamités qui allaient fondre sur la patrie, mais, du moins, elle essaya de sauver quel-

ques âmes, et d'empêcher un bon nombre de chrétiens de tomber
dans l'abîme de la démagogie et de l'impiété. Les associés
avaient donc grand soin de cacher leur nom. Tous les jours,
dans des articles remarquablement écrits, les plus influents
d'entre eux dénonçaient toutes les menées du club des Jacobins,
exposaient les doctrines de ces révolutionnaires à outrance, les
réfutaient solidement, et mettaient en garde les honnêtes gens
contre les promesses trompeuses de ces hommes avides de pouvoir et dévorés par la soif du sang. Les plus farouches organisateurs de ce club, Robespierre et Danton, à la lecture de ces
lignes dirigées contre eux, avaient peine à contenir leur rage,
et auraient tout sacrifié pour en connaître les auteurs. Si jamais,
disait Robespierre, je connais ces infâmes royalistes, ces fana-
tiques défenseurs du sacerdoce, je les ferai monter à l'échafaud.
L'heure est proche où le pouvoir tombera entre nos mains, et
ils n'échapperont pas à notre vengeance. S'ils tiennent tant à
passer pour martyrs, nous ferons en sorte de les satisfaire.

Le marquis de V. informait souvent son ami des évènements
de la capitale, et lui rendait compte de l'œuvre qu'il avait
fondée. L'association, lui écrivait-il, continue son œuvre avec
zèle, mettant en Dieu toute sa confiance. Les évènements jettent
l'épouvante partout où il y a encore des gens honnêtes. Mais,
hélas! les méchants l'emportent. Nous défendons avec intrépidité la cause de Dieu, et les intérêts de la société qui touche à
sa ruine. Soyez bien convaincu, mon cher ami, que pas un de
nous ne faiblira devant le devoir, et s'il faut mourir sur la brè-
che, nous périrons en combattant, et si Dieu nous réserve la
palme du martyr, nous le bénirons en répandant pour lui jusqu'à la dernière goutte de notre sang.

Notre vénérable ami l'abbé de G., malgré son grand âge,
travaille avec un zèle infatigable à détourner du mal les brebis
de son troupeau, et à les soustraire à l'avidité du loup. Eclairé

par les lumières du Saint-Esprit, il voit le combat qui s'approche, et nous excite à nous tenir prêts, car la persécution n'est pas éloignée.

Tous nos frères les associés se recommandent à vos bonnes prières, et à celle de votre vertueuse épouse, et de votre famille. Que notre cher Augustin serait bien ici, au milieu de nous, en face de l'ennemi! Si nous n'avons plus le bonheur de nous revoir sur cette terre, je vous convie au festin de l'agneau, dans le séjour de la gloire. »

Telles étaient les dispositions de tous ces fidèles chrétiens, à la veille de la persécution.

Parmi les associés, il s'en trouvait un qui inspirait de vives inquiétudes à ses confrères. Monnier était un homme plein de foi, mais vaniteux présomptueux, et d'un caractère très-faible.

Plein de lui-même, il croyait posséder toutes les vertus et tous les talents. Il se flattait de la gloire du martyr, et en eût même cherché les occasions. Ses imprudences quotidiennes avaient maintes fois effrayé le saint abbé et le marquis de V. qui craignaient que cet homme ne compromît l'association.

Monnier n'avait pas toujours vécu en bon chrétien; il avait donné dans tous les écarts de la jeunesse, et avait brigué les honneurs auxquels sa médiocrité l'empêcha toujours de parvenir. Une fois converti, il n'avait pu se corriger de son orgueil. Il ne pouvait comprendre qu'on ne le plaçât pas à la tête de l'association. Néanmoins il se montrait actif au bien, et remplissait avec ardeur auprès des pauvres et des malades les missions qui lui étaient confiées.

Un jour, il revenait des environs de Paris dans une voiture publique. Sa conversation roula sur les évènements politiques qui passionnaient les esprits.

Bien que les voyageurs fussent pour la plupart hostiles à la royauté et à la religion, Monnier dont la présomption n'avait

d'égal que son ignorance, se crut assez habile pour défendre
ses principes. Il parla donc avec la plus grande imprudence
contre l'assemblée législative, contre ses travaux, et proféra les
paroles les plus véhémentes à l'adresse des clubs, et surtout de
celui des Jacobins. Tous les assistants de s'indigner. On allait
lui faire un mauvais parti, si un homme assis au fond de la voiture, qui jusque-là n'avait pas dit un seul mot, n'eût pris sa
défense, engageant tous ces forcenés à user d'indulgence au
nom de la liberté. Monnier, touché de l'empressement que l'inconnu avait mis à le défendre, lui serra la main, et le remercia
affectueusement. A leur arrivée à Paris, avant de se séparer,
l'étranger le pria de venir, le lendemain, le voir dans son appartement, lui exprimant le désir qu'il éprouvait d'entrer en bonnes
relations avec lui. Monnier, toujours imprudent, ne sachant à
qui il avait à faire, promit de se rendre à cette invitation.

L'inconnu n'était autre que Robespierre. Il avait habilement
uni la ruse à la dissimulation pour arriver à ses fins.

Dès qu'il eut entendu prérorer Monnier, il ne douta pas
qu'il ne fût un de ceux qui, chaque jour, attaquaient les doctrines qu'il professait, et employa tous les moyens possibles
pour le gagner à son parti et obtenir de lui tous les renseignements de nature à l'éclairer sur ses ennemis et à exercer sa vengeance. Il avait distingué dans ce trop zélé défenseur de la
religion un homme ambitieux ; et avec un tact remarquable, il
sut l'attirer dans son piége. Monnier se rendit donc au jour et
à l'heure indiqués chez son ami de la veille, et pénétra auprès
de lui avec la plus grande assurance.

Le maître du logis le reçut avec bonté, et conversa longtemps
avec lui, sans se faire connaître. Mais dans tout cet entretien,
il ne put découvrir ce qu'il désirait savoir au sujet des écrivains
qui le combattait si rudement. Dissimulant toujours, il invita
Monnier à prendre part à son repas, et lui fit servir avec les

mets les plus délicats, les vins les plus exquis. Peu à peu la tête de Monnier s'échauffa.

Il fit connaître à celui qu'il croyait son ami, qu'il était membre d'une association de bienfaisance, composée d'hommes éminents qui consacraient leur vie à servir la cause de Dieu et de la royauté.

Robespierre jugea qu'il était temps de gagner son interlocuteur, de le séparer de ses co-associés, et de se l'attacher par la foi du serment. Le moment était en effet des plus favorables. Monnier à qui la chaleur du vin avait enlevé une partie de sa raison, paraissait dans un état propre à servir les desseins de son hôte, qui, le regardant fixement, lui adressa ces paroles : « Votre franchise me plaît, et j'ai résolu de former avec vous une amitié inviolable. Je suis riche, puissant, et j'exerce une grande influence. Si vous voulez parvenir aux honneurs , vous pouvez compter sur moi pour vous en ouvrir le chemin. Vos grands talents ne doivent pas rester dans l'obscurité, et il est nécessaire que vous les utilisiez pour le bien de vos semblables. »

A ces paroles de grandeur, le visage de Monnier s'enflamma. Il remercia avec enthousiasme un homme qui voulait l'élever aux honneurs. Robespierre ne gardant plus alors de déguisement : « Je suis, dit-il, le chef du club des Jacobins, l'assemblée législative est sur le point de se séparer, et nous serons maîtres de la situation. La vieille France sera totalement renversée, et une ère nouvelle va commencer. La royauté a fait son temps. Le Dieu que la simplicité de nos pères avait rendu si puissant, n'aura plus d'adorateurs. Le fanatisme clérical sera banni de la société. Abandonnez tous ces mauvais principes qui servent de base à votre existence, et adhérez sans partage à ceux de notre révolution. Des milliers de têtes vont tomber sur les débris du trône et de l'autel, mais ce sang est nécessaire pour fonder la république.»

Monnier ne savait ce qu'il devait répondre. La tentation le torturait. D'un côté, les honneurs, les richesses, la gloire ; de l'autre, l'abandon de Dieu, de la religion. Il s'indigna, et déclara qu'il ne consentirait jamais à renier sa foi, et à tremper les mains dans le sang de ses frères.

Mais Robespierre, s'armant d'un pistolet, et lançant un regard furieux sur le malheureux Monnier, le menaça d'une mort immédiate, s'il n'adhérait pas à tous les principes du club des Jacobins.

Alors ce lâche chrétien qui naguère poussé par une folle présomption croyait pouvoir affronter le martyr qu'il appelait de tous ses vœux, trembla devant la mort. Le martyr lui était offert, et il recula d'horreur, aimant mieux être parjure, et trahir son Dieu. Du reste, l'appât des honneurs et des dignités l'avait déjà fortement ébranlé, et il jura à ce farouche révolutionnaire qu'il renonçait à sa vie passée, à Dieu, à la religion, qu'il maudissait la royauté, et que désormais il serait un des plus zélés partisans des idées révolutionnaires. C'en est fait, la trahison est consommée. Cet homme qui avait paru si intrépide pour la cause de Dieu, en est devenu, en un instant, le plus mortel ennemi, et par un juste châtiment du ciel, il ira d'abîme en abîme, accomplissant les plus noirs forfaits. Il dévoila bientôt à son ami tous les secrets de l'association dont il faisait parti. Il lui cita les noms de tous les associés et lui indiqua les fonctions remplies par chacun d'eux. Il attira surtout son attention sur l'abbé de G. et le marquis de V., qu'il lui représenta comme les hommes les plus influents et les plus zélés adversaires des Jacobins. Robespierre, prenant note de tous ces détails, interrogea encore son nouvel ami sur la résidence de chacun des associés, sur leur fortune et la position

qu'ils occupaient sous le régime de la monarchie, et avant de le
congédier : « Souvenez-vous de vos serments ; si, par malheur,
vous veniez à les oublier un seul instant, mille poignards
seraient prêts à vous frapper; si, au contraire, comme j'en suis
persuadé, vous êtes fidèle, vous arriverez à la gloire. Il s'agit
de nous aider dans notre entreprise. Continuez à fréquenter
vos anciens amis, comme si vous étiez toujours des leurs. Ob-
servez leurs mouvements, leurs paroles, leur manière de faire,
et ne manquez pas de venir chaque jour me rendre compte de
vos investigations. Et puis, quand sera venu le moment d'agir,
secondez-nous de tout votre pouvoir. »

Monnier promit tout et se retira. Il revint comme d'habitude
aux réunions de la société où il s'informait de tout. Mais on
remarqua que son zèle s'était éteint, qu'il était devenu rêveur,
et qu'il n'allait plus remplir sa mission auprès des malades. On
ne comprenait rien à ce brusque changement, et personne n'aurait pu se douter de sa trahison. Le loup ravisseur avait pénétré
au milieu du troupeau. Un traître s'était trouvé dans les douze
apôtres. Dieu permit, pour la gloire de ses vrais serviteurs, qu'il
s'en trouvât un parmi eux.

Quelques jours après, Monnier dans un entretien avec son
terrible ami :« Connaissez-vous, lui demanda-t-il, le fondateur
de l'association des amis de la religion ? C'est un homme de
grand mérite, un avocat qui s'est acquis une grande célébrité.
Il a renoncé à sa carrière pour faire l'éducation de son fils, qui
lui-même se recommande par une intelligence extraordinaire.
Les écrits les plus violents qui aient été lancés contre vous sont
sortis de leurs plumes. Cet homme se nomme le comte de Valfleury et son fils Augustin. Ils ont quitté Paris avec leur famille et habitent en ce moment, afin d'être plus en sûreté, leur
château de Franche-Comté. »

Mais Robespierre n'ignorait aucun de ces détails, car son

conseiller habituel, son plus intime ami, connaissant cette famille mieux que personne, l'avait parfaitement renseigné sur
son compte.

Pendant que cette inique trahison, qui devait avoir des suites
si fâcheuses, s'accomplissait, M. de Valfleury et sa famille passaient des jours relativement tranquilles. Il était parfaitement
au courant des évènements qui se précipitaient avec tant de rapidité à Paris et dans les principales villes de France. Il recevait
assez souvent des nouvelles de ses amis et de son œuvre. Il
écrivait une fois par semaine à l'abbé de G. et au marquis pour
les rassurer sur sa personne, et les exciter au combat et à la
souffrance : « Que ne suis-je au milieu de vous, leur disait-il,
pour prendre part à vos travaux, et défendre nos principes
sacrés. Le bon Dieu vous fait l'honneur de vous exposer au
danger ; mes péchés sont la cause qu'il m'éloigne du champ de
bataille. Athlètes de la vérité, préparez vous à la lutte, car elle
est imminente ; la religion va être persécutée. Dieu, pour purifier
son église, la livrera bientôt, pour un temps, aux mains de ses
plus mortels ennemis. Défiez-vous des loups qui viennent à
vous sous la peau de brebis, et ayez soin de ne pas les laisser
entrer dans votre bergerie. Je vous en prie, bannissez de votre
société tous ceux dont la foi vous paraîtrait suspecte. »

Dans toutes ses lettres il exprimait le regret d'être éloigné
de la capitale.

Cependant, il ne restait pas inactif dans son château, et tandis
que l'esprit révolutionnaire et la haine de Dieu se propageaient
par toute la France, dans les villes comme dans les campagnes,
le comte déployait toutes les ressources de son esprit pour
soustraire son peuple à l'impiété. Augustin, devenu homme
avant le temps, instruit par son vertueux père et par les évènements, seconda le comte dans cette noble et difficile entreprise. Il
continua, pour le bien des villageois, à agir comme par le passé,

ses visites dans les chaumières étaient plus fréquentes ; il donnait
aux pauvres avec largesse des biens périssables et qui, dans un
jour mauvais, pouvaient passer en des mains criminelles. Tout
en instruisant ces bons campagnards de leurs devoirs de chrétien, il leur expliquait la nature des choses qui se passaient à
Paris, et leur montrait avec habileté le venin des doctrines
révolutionnaires : Ces gens-là, leur disait-il, veulent renverser
le trône et la religion de nos pères. Et pourquoi ? Parce que
le trône les gêne ; ils rejettent toute autorité capable de faire
respecter les lois. Ils excluent Dieu et la religion de la
société, parce que les maximes de l'église sont contraires à leurs
passions, et qu'elles exigent d'eux des sacrifices continuels.
Mes bons amis, ajoutait-il, remarquez que ceux qui se jettent
dans ces partis extrêmes, sont pour la plupart, pour ne pas dire
tous, des hommes ambitieux, avides de richesses, libertins
effrénés. Ce qui les met en rage contre la religion, c'est de voir
ceux qui vivent selon la foi, briller par la pureté de leurs mœurs,
par la simplicité de leurs désirs, par le mépris des richesses et
des honneurs. » Il leur parlait ainsi, afin de leur montrer plus
clairement ce qu'il y avait d'odieux dans la tourbe révolutionnaire. Cette comparaison, qu'on peut appeler matérielle de la
conduite des honnêtes gens avec ceux des écarlates, frappait
leur imagination et jetait la persuasion dans leurs esprits, bien
plus que ne l'aurait fait les meilleures preuves de philosophie
et de théologie.

C'est ainsi que cette famille, alors que le peuple poursuivait
déjà de sa haine les nobles et les seigneurs, était un objet de
respect et de vénération pour ses fidèles sujets. Chaque jour ces
braves gens donnaient au comte et à la comtesse, et surtout à
Augustin des témoignages de leur affection et de leur entier
dévouement. M. de Valfleury, il faut le dire, avait su, par de
sages mesures, gagner l'affection de son petit peuple.

Loin d'imiter la plus grande partie des seigneurs qui se montraient les tyrans de leurs sujets, le comte avait, dès le début de la révolution, supprimé les redevances pour tous les habitants de ses terres. Les biens qu'ils cultivaient, devinrent, par l'effet de sa générosité, leurs propriétés. Cette mesure, qui privait M. de Va'fleury d'une partie notable de sa fortune, était sage ; car elle contint ses sujets dans la voie de la vérité, et empêcha qu'ils ne se portassent aux plus grands excès. Elle augmenta, en outre, leur amour pour la famille de celui qui était à leur égard plus qu'un bienfaiteur, mais un véritable père.

En apprenant cet acte de générosité, tous les seigneurs de la contrée firent au comte les plus amers reproches, taxant sa conduite de faiblesse et de lâcheté : « Vous venez de nous avilir, et de fouler aux pieds l'ordre de la noblesse. Voulez-vous que le paysan, le serviteur soit au-dessus du maître, et fasse le grand seigneur. Vous avez donné ainsi carrière à l'esprit révolutionnaire qui vous débordera bientôt. »

Ils se trompaient. Car si tous les nobles avaient su agir comme M. de Valfleury, la révolution n'eût pas tout envahi, et ils auraient pu conserver une grande partie de leurs biens.

Mais cet acte de haute politique excita l'enthousiasme du peuple, qui jura à son seigneur de le servir plus fidèlement que jamais. On fêta pendant plusieurs jours le changement de position qui s'était opéré dans toutes les chaumières. Chacun voulut se rendre au château pour remercier la généreuse famille et lui donner l'assurance de la profonde gratitude de toute la population.

Parmi les familles les plus dévouées au comte, se trouvait celle d'Isidore qui devait tout à Augustin. Ce bon serviteur parlait souvent de Paris quand il se trouvait au château. La situation actuelle ne l'étonnait pas, car avant sa conversion, il avait vécu au milieu de tous ces gens sans aveu, de ces faiseurs de révolution, et il avait entendu les discours de ceux qui voulaient tout détruire : « Sans vous, disait-il à Augustin, qui avez été l'instrument de Dieu à mon égard, je serais encore avec ces monstres qui vont bientôt jeter la terreur dans toute la France. Je les connais, car je les ai fréquentés longtemps, trop longtemps, hélas! Ils se promettaient bien de renverser la monarchie, de détruire les autels, de démolir les temples de Dieu, et de faire monter à l'échafaud les nobles et les prêtres, après leur avoir arraché tous leurs biens. Ces hommes sanguinaires sont à la veille de s'emparer du pouvoir. Alors, il n'y aura plus que désordre en France ; le sang coulera de toutes parts, car ils ne reculeront devant rien pour établir leur despotisme et assouvir leur haine contre tout ce qui est saint et honnête. J'ai su tous ces projets quand j'avais le malheur de vivre dans l'inimitié de Dieu, et dans la fréquentation de ces forcenés. Par votre charité et votre vertu, vous m'avez ramené dans le droit chemin. Je vous prouverai ma reconnaissance en répandant, s'il le faut, mon sang pour toute votre famille. Quiconque osera venir vous frapper, devra, avant d'arriver jusqu'à vous, me passer sur le corps. »

Ce fidèle et reconnaissant villageois aimait tellement son cher Augustin, son bienfaiteur et son sauveur, car cet enfant avait sauvé son âme infailliblement perdue, qu'il jura de le défendre, dût-il lui en coûter la vie. Passant ses jours au milieu des campagnards, il fit connaître au comte la disposition des esprits. La famille de Valfleury jouissait de l'affection de tous. Deux famille seulement semblaient ne pas prendre part à l'enthousiasme général, celles de Grosclaude et de Denis. Ces deux hommes avaient, avant même l'année 1789, manifesté en plusieurs circonstances leur irréligion et leur impiété. Leurs enfants furent élevés dans leurs faux principes. Plusieurs fois M. de Valfleury et son fils les avaient exhortés en vain à fréquen-

ter l'église, et à s'approcher des sacrements. Néanmoins, ils
avaient toujours témoigné à leur seigneur un profond respect.
Quand il eut fait don à ses sujets des terres qu'ils cultivaient,
Grosclaude et Denis n'applaudirent pas comme les autres, et
déclarèrent à plusieurs reprises que si le comte n'avait pas pris
cette mesure, le peuple n'aurait pas tardé à entrer en possession
de ces mêmes biens. Ils ne s'étaient pas présentés au château
pour remercier leur digne maître. On remarqua en outre que
ces deux amis échangeaient une correspondance très-suivie
avec quelque personnage de la capitale, que tous les matins ils
recevaient, par le courrier, des feuilles imbues des doctrines les
les plus avancées, et qu'ils essayaient même de faire de la pro-
pagande. Cette conduite alarma M. de Valfleury et Augustin.
Ils craignaient que leurs discours et leurs exemples ne produi-
sissent de mauvais fruits dans la fervente population du
village.

Augustin, tout rempli du désir de conjurer le danger et de
ramener au bercail ces brebis égarées, se présenta chez Grosclaude et chez Denis, sous prétexte de leur rendre une visite
d'amitié. Sa simplicité, sa douceur et sa familiarité avec tous
les villageois qui étaient si inférieurs à lui par leur position et
leur éducation, lui avaient ouvert toutes les portes des chaumières. Il alla plusieurs fois chez ces deux hommes sans rien
dire de la politique et de la religion, mais parlant de l'abondance des récoltes et de choses indifférentes, caressant les enfants et leur faisant de petits cadeaux. Le saint jeune homme
remarqua cependant qu'il était reçu avec froideur. Il ne se
découragea pas, et revint à la charge, résolu cette fois de mettre
son projet à exécution. Il était temps, car l'assemblée législative terminant ses travaux allait se retirer, pour laisser le champ
libre aux intrigues et aux partis. Il se dirigea donc d'un pas

ferme vers la demeure de Grosclaude. Denis conversait avec son ami, et l'entretien roulait sur les faits politiques.

Augustin se présenta au milieu d'eux avec la plus grande bonté, leur tendit affectueusement la main et après quelques paroles sans importance, il fixa ses regards sur un journal déployé devant eux : « Vous nourrissez, leur dit-il, votre esprit de ces écrits qui pullulent de mensonges et de calomnies. Les hommes qui les rédigent sont les plus grands ennemis de la société et du peuple qu'ils prétendent affranchir du joug de la servitude. Ils ne s'appuyent que sur des gens sans bonne foi, et sans mœurs pour arriver au pouvoir et exercer la plus odieuse des tyrannies sous le nom de liberté. Leurs doctrines tendent au renversement de la civilisation. N'attendez pas que les plus grands malheurs désillent vos yeux ; ne vous laissez pas prendre à leurs belles paroles et à leurs promesses de liberté et de bien être. Ils ne peuvent que vous entraîner dans l'abîme. La religion chrétienne, seule base de véritable morale, les gêne, parce qu'ils excluent toute morale de la société. Je vous en conjure, laissez ces fausses doctrines et revenez à Dieu qui seul peut sauver la France de la ruine dont elle est menacée. » En disant ces mots, il s'était jeté à leurs pieds. Mais ces impies, le regardant avec dédain, n'osèrent l'outrager ; leurs chefs ne possédaient pas le pouvoir, et ils redoutaient la rigueur des lois. Ils se contentèrent de lui répondre que jusqu'ici son père avait été leur seigneur, qu'il avait pu disposer de leur corps à son gré, qu'ils étaient libres de leurs pensées et de leur conviction, et qu'ils entendaient qu'on respectât dorénavant leurs opinions. Le pauvre jeune homme se retira en versant des larmes de douleur, et en priant Dieu de ne pas permettre que ces deux impies fussent pour la contrée des organisateurs du crime:

III

LE COMBAT

La Convention Nationale avait succédé à l'Assemblée législative. Elue sous l'effervescence des opinions révolutionnaires et les exagérations brutales des clubs, elle entra en séance le 20 septembre 1792. Deux grands partis dominaient dans cette assemblée. Les Montagnards ou Jacobins qui avaient à leur tête Danton, Camille-Desmoulins, Robespierre et Marat, et les Girondins moins exaltés que les précédents, mais qui avaient précipité la chute de la monarchie. Le premier acte de la Convention fut d'abolir la royauté, 21 septembre 1792, et de proclamer la République. Le 22 septembre commença l'ère républicaine. Les succès remportés par les troupes, et principalement la bataille de Valmy donna plus d'autorité à la nouvelle assemblée, et ruina les espérances des royalistes. Rassurés par ces succès, la Convention, sur les instances réitérées de Robespierre qui proposait la mort du roi, comme le remède à toutes les calamités de la France, résolut d'instruire le procès de Louis XVI. Les Montagnards voulaient jeter en défi une tête de roi à la coalition imminente de l'Europe contre la France.

L'infortuné monarque souffrait avec la plus grande résignation les maux de sa dure captivité. Enfermé avec sa famille dans la tour du Temple, il attendait la décision qui serait prise à son égard. Sa majorité de la Convention décida que le royal captif serait jugé par elle. Louis XVI comparut plusieurs fois à la barre de l'Assemblée. Ses paroles eussent persuadé quiconque n'aurait pas juré d'avance de le perdre. Malgré la défense victorieuse présentée par le vertueux Desèze, et en dépit des efforts des Girondins pour sauver la noble victime, la Convention condamna l'innocent monarque à la peine capitale.

Après une dernière et déchirante entrevue avec sa famille, scène que la plume se refuse à décrire, le roi passa la nuit en prières, se disposant à mourir en chrétien ou plutôt en martyr. Il fut conduit à la place de la Révolution, au milieu d'un cortége formée par la garde nationale, et une partie de la populace. Louis XVI monta d'un pas ferme les degrés de l'échafaud, et se tournant vers la foule, il s'écria d'une voix forte : « Je meurs innocent de tous les crimes qu'on m'impute ; je pardonne aux auteurs de ma mort, et je prie Dieu que ce sang que vous allez répandre, ne retombe jamais sur la France. » Au moment où la hâche allait frapper la royale victime, son confesseur lui adressa ce suprême adieu : « Fils de saint Louis, montez au ciel. » Quelques instants après, le régicide était consommé. (21 janvier 1793.)

Le combat est engagé : la lutte du crime contre l'innocence

est ouverte. L'ère des martyrs vient de commencer. Le noble exemple donné par le roi martyr sera suivi par des milliers de chrétiens, qui, pour rester fidèle à Dieu et à la royauté, affronteront les plus cruelles tortures.

A la nouvelle de la mort de Louis XVI, un cri d'indignation retentit dans toute l'Europe. Tous les rois se crurent menacés sur leurs trônes, et se liguèrent contre la révolution ; mais la Convention organisa partout la défense avec la plus grande énergie. Les Girondins, trouvant les Montagnards trop avancés, s'efforcèrent de les modérer, mais leur voix était trop faible, ils devinrent suspects, et une lutte s'engagea entre ces deux partis au sein de l'Assemblée. La Montagne l'emporta et les Girondins furent chassés, les uns, attendant leur jugement, les autres quittant Paris pour soulever le peuple en province.

Du triomphe des Jacobins sur la Gironde, date une ère funèbre, la Terreur, régime odieux, puissance terrible qui dévora les ennemis de la Montagne, et finit par se dévorer elle-même. Le 17 septembre 1793, la Convention proclama la loi des suspects, pour incarcérer tous les partisans du royalisme, et centralisa le pouvoir entre les mains du comité de salut public. Des représentants envoyés dans les départements par ce comité, disposant de toutes les fortunes et de toutes les existences, étouffèrent dans le sang les révoltes de l'intérieur. Ces hommes cruels firent massacrer ou noyer en masse les vaincus ou les suspects, et recoururent aux plus sauvages inventions pour multiplier la mort.

Pendant que les armées remportaient de brillantes victoires sur les frontières, le comité de salut public s'armait d'une impitoyable dictature. Plus de cent mille suspects gémissaient dans les prisons d'où sortaient les plus illustres personnages, et les chefs des partis abattus, pour marcher au supplice. La reine Marie-Antoinette, traînée à l'échafaud, mourut comme son époux avec une courageuse résignation. L'année 1793 s'acheva dans des flots de sang.

Pour compléter ses infamies, la Convention décréta l'abolition de la religion de nos pères (10 novembre 1793), qu'elle remplaça par le culte de la raison, et livra la cathédrale de Paris à d'impies saturnales. La persécution contre l'Eglise devint plus violente. Les prêtres furent traqués comme des bêtes fauves, et les plus fervents serviteurs de Dieu, recherchés et conduits à la mort. La division se glissa bientôt dans le sein de la Montagne. Danton, trop modéré, dut céder le pas à Robespierre, qui ne pouvait souffrir un rival au trône de la dictature. Danton et ses amis furent exécutés. La révolution dévorait ses propres enfants.

Il fallut toujours du sang à Robespierre. Les proconsuls continuaient à exercer dans les provinces les cruautés les plus inouies. A Paris, le tribunal révolutionnaire condamnait et envoyait à la mort des hommes qui ne se connaissaient pas, qui ne s'étaient jamais vus, et tout surpris d'être traduits devant les juges, sous le prétexte de la même conspiration. L'angélique sœur de Louis XVI, madame Elisabeth, fut une des principales victimes. On distingua ensuite une foule de nobles, de savants, et le vertueux Malesherbes, avec toute sa famille. Robespierre n'étant point encore satisfait, fit adopter une loi qui n'admettait que la seule peine de mort contre les ennemis de l'Etat. Cette loi fut appliquée sur le champ, avec les raffinements de la plus noire cruauté. Ce fut l'époque de la grande Terreur, des innombrables massacres, époque qui ne se termina qu'avec Robespierre. Ce monstre, qui menaçait la vie de ses semblables en cruautés, fut attaqué violemment par eux, et dénoncé à la Convention. Il ne put éloigner l'orage qui grondait au-dessus de lui. Sa tête tomba, aux applaudissements de la foule. Avec lui, le règne de la Terreur était fini (27 juillet 1794).

La Convention voulut ensuite faire oublier à la France les jours mauvais, et travailla à sa réorganisation, mais les mesures qu'elle prit, irritèrent les révolutionnaires, qui se révoltèrent contre son autorité.

Ce fut elle qui donna à la France la constitution de l'an III, confiant le pouvoir à deux conseils, celui des Cinq-Cents et celui des Anciens. La Convention Nationale, dans sa dernière séance, abolit la peine de mort, et accorda une amnistie pour tous les délits politiques, excepté pour l'émigration. C'est l'assemblée la plus terrible qui se soit rencontrée dans l'histoire, car elle a proscrit et dépouillé tout ce qui lui faisait ombrage.

Pendant que les événements inouïs que nous venons de mettre sous les yeux du lecteur se déroulaient à la face du monde, que devenaient les héros de notre récit ? Quel sort la Providence leur a-t-elle destiné en ces jours de combat ? Au moment où la Convention prit en main le pouvoir, l'abbé de G. continuait à gouverner la sainte association des amis de la religion. Le marquis de V. en était un des plus zélés défenseurs. Dans une réunion générale, tous les associés, en présence de la persécution qui était imminente, jurèrent d'être fidèle à Dieu et au roi et de souffrir la mort plutôt que de trahir leur foi. Monnier lui-même fit le serment, et ajouta ce nouveau crime à ceux qu'il avait déjà commis. Dès-lors, les associés, forts de la protection du ciel, continuèrent leur œuvre avec zèle et prudence, évitant avec soin de se faire connaître. L'abbé de G. ce respectable vieillard qui avait blanchi dans les fatigues de l'apostolat, avait noblement refusé de prêter serment à la constitution civile du clergé. Il s'était vu pour ce motif chassé de son église et séparé de son troupeau, qui fut confié à un prêtre assermenté, à un de ces ministres de l'autel sans mœurs et sans vertus sacerdotales. Il exerçait encore néanmoins son saint ministère. Chaque jour il célébrait la Messe dans la chapelle de son ami le marquis de V. Là, se réunissaient les fidèles chrétiens, les plus ferventes brebis de son troupeau, et il leur distribuait le pain de vie, cet aliment substantiel de leurs âmes. Tout cela se faisait en secret, afin de ne pas éveiller l'attention des ennemis de Dieu. Il en fut ainsi tant que Robespierre, par la défaite des Girondins, ne fut pas arrivée à la tyrannie. Monnier était devenu son conseiller intime, et tous deux, de concert, ils résolurent de tirer une vengeance éclatante de ces hommes qui avaient osé livrer une guerre à outrance aux principes et aux doctrines révolutionnaires. Comme le tyran était instruit par le traître des secrets de l'association, et qu'il connaissait par leur noms tous les associés, il lui fut facile de livrer au supplice ses plus mortels ennemis. L'abbé de G. et le marquis passaient leurs jours dans la prière, se disposant à combattre courageusement pour leur Dieu.

Le saint prêtre écrivit une lettre d'adieu à son ami M. de Valfleury : « Je ne sais, lui disait-il, si cette dernière lettre vous parviendra, j'ignore même le sort qui vous a été réservé. Peut-être avez-vous déjà reçu votre couronne. J'aime à croire cependant que Dieu vous a conservé une vie si précieuse. L'affection de vos sujets est un garant de votre sûreté. Pour nous, qui sommes au plus fort du combat, nous comptons les jours qui nous séparent du martyr. A tout moment, nous attendons que les impies nous chargent de fer. Encore quelques heures et vos amis seront dans le séjour de la gloire. Priez pour que Dieu nous accorde la fermeté et le courage devant la souffrance, pour que l'approche de la mort n'excite pas en nous des sentiments de défaillance. Adieu pour cette vie, nous nous reverrons dans la bienheureuse éternité où il n'y aura plus d'impies, mais où nous chanterons, avec les anges et les saints, la gloire du Très-Haut. »

Quelques jours après, Robespierre envoya son ami Monnier avec plusieurs gardes nationaux dévoués, bandits de la pire espèce, et repris de justice, arrêter le saint prêtre qui se tenait caché dans la maison d'un pauvre artisan auquel il avait rendu des services signalés durant le cours de son apostolat. Il eût été difficile de le découvrir dans sa retraite, si l'infâme Monnier n'eût connu sa demeure. Lui-même, muni d'un mandat, pénétra avec ses hommes armés dans la petite chambre occupée par l'abbé, et s'approchant de lui, il lui signifia qu'il l'arrêtait au nom de la loi. L'abbé de G. s'attendait depuis longtemps à ce dénouement, mais jamais il n'eût supposé qu'il aurait été trahi par un de ses disciples. Monnier qu'il avait pris soins d'instruire de ses devoirs de chrétien, qui l'avait guidé dans la voie de la vertu, allait le livrer pour ainsi dire à la mort. Le saint ne put s'empêcher de verser des larmes sur le misérable qui avait abusé des grâces de Dieu et qui imitait le crime de Judas. « Mon enfant, lui dit-il, avec l'accent de la plus angélique douceur, depuis longtemps j'attendais l'heure où les méchants viendraient me prendre pour me conduire à l'échafaud, mais je n'aurais jamais cru que vous, après avoir été comblé des bienfaits de Dieu, vous auriez poussé l'ingratitude jusqu'à trahir vos frères, et à vous faire l'ennemi de notre Seigneur Jésus-Christ. Je prie Dieu de vous pardonner comme je vous pardonne moi-même. » Le traître ne fut pas touché ; il ne s'arrêta pas dans la voie de perdition et du crime. Il plaça celui qui avait été pour lui plus qu'un père au milieu des bandits qui l'accompagnaient, et le conduisit ainsi jusqu'à la prison qui lui était destinée. L'abbé de G., nullement surpris de l'acte de violence exercé contre lui, adora les desseins de Dieu, et le pria de lui donner la force d'affronter les supplices et la mort.

Il avait été pendant toute sa vie tellement détaché des choses
de la terre, et s'était tellement accoutumé à se regarder ici-bas
comme dans un lieu d'exil, qu'au moment de son arrestation il
rendit grâces à Dieu qui voulait bien lui ouvrir les portes
du ciel.

Lorsque le cortége qui conduisait le ministre de Dieu passa
dans le quartier où celui-ci avait fait tant de bien, durant les
jours de son long et glorieux sacerdoce, la foule se grossit sur
son passage. Les honnêtes gens protestèrent à haute voix
contre cet acte inique. Ceux mêmes qui avaient voué tous les
prêtres à la mort, à la vue de ce respectable vieillard à cheveux
blancs, ne purent retenir un cri d'indignation. Au même instant un homme élégamment vêtu, plein de noblesse et de dignité, sort des rangs de la foule et se précipite sur les gardes
qui entouraient l'abbé de G. Il les écarte violemment, et prenant son ami dans ses bras, il l'arrache aux mains de ces forcenés. La foule, attendrie, proféra des paroles menaçantes contre
Monnier et ses gens qui, revenant de leur première stupeur, croi-
sent la baïonnette et menacent de percer sur le champ l'inconnu, cause de tout ce désordre, et de charger la foule.
Le marquis de V., voyant que son audacieuse démarche ne
pouvait que compromettre son ami, le tint embrassé pendant
quelqus instants, et, dans un suprême adieu, il lui donna rendez-vous dans le sein de l'Eternel.

Devant l'attitude menaçante des gardes nationaux qu'un
poste voisin venait renforcer, la foule, qui n'avait pas craint de
manifester ses sympathies à l'égard de son pasteur, se dispersa,
et le marquis se retira auprès de sa famille cachée dans une
maison obscure, attendant que Monnier vînt aussi l'arracher à
l'affection des siens. Il ne s'aperçut que ce jour là de la trahison
d'un homme qu'il avait toujours traité en frère. Pour sauver
de la mort qui menaçait, par le fait de cette trahison, tous les

membres de l'association, il se hâta d'avertir ses frères du péril auquel ils étaient exposés, les conjurant de fuir les lieux qu'ils habitaient, et qui étaient bien connus de Monnier, et de chercher un refuge dans des retraites où le faux frère ne pourrait les atteindre. Le marquis sauva ainsi la vie à un grand nombre de membres de la société.

L'abbé, jeté dans un noir cachot, y resta trois jours entiers, presque sans nourriture, exposé aux plus indignes traitements de la part de ses gardiens. Ces scélérats lui firent endurer mille souffrances, l'insultant par leur raillerie, et lui crachant au visage. Plusieurs lui donnèrent des soufflets. Mais il ne répondait que par son silence, heureux d'unir ses prières à celles de son divin Maître. Il ne cessait de prier, se disposant à mourir saintement.

A la fin du troisième jour, on le fit sortir de prison et comparaître devant le tribunal révolutionnaire. Robespierre désira l'interroger lui-même. L'abbé de G. était accusé de royalisme et de désobéissance à la loi qui avait interdit le culte catholique dans toute l'étendue du territoire de la République.

Le saint répondit aux interrogations de ses juges ou plutôt de ses bourreaux avec une intrépidité digne des confesseurs des premiers siècles de l'Église. Il déclara que son attachement à la royauté n'était pas un crime, mais qu'il respectait l'autorité établie par Dieu.

En ce qui concerne l'accusation d'avoir exercé les fonctions d'un culte interdit, il étonna le tribunal par la justesse et la précision de ses paroles : « Je suis prêtre du Dieu vivant, s'écria-t-il, et, en cette qualité, j'exerce des fonctions qu'aucune puissance humaine ne saurait interdire. Vous pourrez me livrer au supplice, torturer mon corps vieilli et débile, mais je ne renoncerai jamais à remplir les devoirs que m'impose mon état. »

Le tribunal le condamna à la peine de mort, et ordonna qu'il fût exécuté sur le champ. Le bon pasteur entendant prononcer la sentence, leva les yeux au ciel et remercia Dieu de l'avoir jugé digne de verser son sang pour la foi. Rempli d'une force toute divine, il monta avec calme les degrés de la fatale machine, bénissant ceux qui l'avaient condamné, et leur pardonnant sa mort. Au même instant la victime est frappée. Un saint vient de quitter la terre, et les anges dans le ciel déposent sur son front la couronne de gloire.

Vous voilà maintenant, digne ministre du Seigneur, au milieu des anges et des saints, en face de la majesté du Dieu trois fois saint. Vous êtes puissant dans la véritable patrie ; Dieu jette sur vous des regards de complaisance, car vous avez répandu votre sang pour lui ; du séjour de la gloire où vous régnez, vous veillerez sur ceux que vous avez laissés dans le lieu de l'exil, et vous serez leur protecteur. Votre Augustin sera surtout l'objet de votre sollicitude, et vous obtiendrez de Dieu qu'il ne se laisse pas abattre par les souffrances, et qu'il puisse un jour célébrer les saints mystères là où les impies ont renversé les autels.

Cette victime n'avait pas satisfait la haine de Robespierre. Monnier, avide de sang, poussait son maître aux plus atroces cruautés. Ces deux monstres, incapables de contenir leur rage après la noble conduite qu'avait tenu le marquis, le jour de l'incarcération de son ami et le désordre qui s'en était suivi, allèrent eux-mêmes l'arrêter avec sa famille. A la suite d'un jugement sommaire, il fut condamné ainsi que son épouse et ses deux fils. Préparée à la mort, cette sainte famille, qui n'avait jamais fait que le bien sur la terre, ne redouta point le supplice, mais elle le considéra comme devant mettre fin à son pèlerinage ici-bas. Ils allèrent ensemble rejoindre leur saint ami, l'abbé de G., et furent reçus dans la société des saints martyrs.

Robespierre faisait ses délices de voir tomber, les unes après les autres, les têtes des plus illustres personnages de la capitale, mais il lui fallait celles de tous les membres de l'association. Tous ceux qui n'avaient pu être avertis à temps, ou qui avaient négligé de se conformer aux conseils du marquis de V., furent arrêtés par Monnier et ses satellites. Pas un n'échappa à la mort. C'est ainsi que les deux tiers des chrétiens qui composaient cette association, reçurent, par le martyr, la récompense de leur zèle, et des œuvres de charité qui avaient signalé leur vie si bien remplie.

Gloire à jamais à cette nombreuse milice du Dieu crucifié qui a su combattre si courageusement les ennemis de la société et de la religion. Dieu vous a jugés dignes de verser votre sang pour sa cause, vous qui n'avez cessé durant tous les jours de votre vie de travailler à sa gloire. Par vos travaux et votre mort, vous apaiserez la colère du Tout-Puissant déchaînée sur la France, qui avait oublié son noble titre de fille aînée de l'église. Vous demanderez à Dieu que cette terre, fécondée par le sang des martyrs, ne reste pas toujours sous le joug de l'impiété. La France reviendra au Dieu de ses pères, et les vertus chrétiennes trouveront encore une place d'honneur dans notre société. L'église de France sortira de ses ruines plus fraîche, plus jeune que jamais, et enfantera encore des héros. Les autels renversés se relèveront sur le sol de la patrie, et chaque village montrera au voyageur étonné son église et son clocher, un lieu de prière pour adorer la profondeur des miséricordes de Dieu.

IV

LA FUITE

Pendant que nos amis restés à Paris recevaient par leur mort la couronne des saints confesseurs, la famille de Valfleury était loin de jouir d'une paix profonde en province. A elle aussi étaient réservées de cruelles souffrances, de lourds sacrifices. La Franche-Comté eut comme les autres provinces sa part de sang et de ruines. Bien que la foi y fût plus enracinée au début de la révolution, les habitants de cette contrée avaient été séduits eux aussi par la perspective de devenir propriétaires. Ils abandonnèrent bientôt et leur foi et leur fidélité aux seigneurs. Heureux de pouvoir secouer le joug, ils acclamèrent comme des sauveurs les scélérats qui gouvernaient alors la France, et crurent que ces hommes étaient dévoués aux intérêts du peuple. Ignorant des choses de la politique, les villageois, ne voyant que le bon côté de la révolution, ne s'aperçurent pas que Robespierre et ses brigands les plongeaient dans un abîme sans fond, en les contraignant de maudire la royauté et de renier le Dieu de leurs ancêtres : peu à peu, ils en arrivèrent à ce point de dégradation qu'ils ne respectèrent aucune loi divine et humaine ; car ils auraient craint, en prenant fait et cause pour les nobles et les prêtres, que les biens dont ils venaient d'entrer en possession au détriment de ceux-ci, ne leur fussent ravis, et que l'ancien état de choses ne fût rétabli. L'égoïsme paraît donc être une des causes de leur perdition morale. Depuis cette déplorable époque jusqu'à nos jours, ce vice de l'égoïsme a été le mobile de toutes les actions en notre pays ; et nous qui écrivons ces pages après les terribles événements qui ont affligé naguère notre patrie, et qui l'ont si profondément humiliée aux yeux de tous les peuples, nous avons pu voir tout ce qu'une grande partie de la population a montré d'égoïsme. Pauvre France ! tu es la nation généreuse par excellence ; ne laisse pas ce fléau envahir tous tes foyers. S'il s'est montré hideux pendant que l'étranger foulait ton sol sacré, on a pu remarquer de beaux sacrifices, on a pu voir des âmes généreuses, de nobles cœurs abandonner tout, biens, familles, pour voler à ta défense. Chassons l'égoïsme, et tu reprendras ta place d'honneur au rang des nations.

Robespierre, non content de faire couler dans Paris des flots sang, avait établi dans toutes les provinces des hommes dévoués pour y poursuivre son œuvre de destruction et de mort. Il choisit un de ses amis qu'il envoya à Besançon, afin de purger toute la Franche-Comté de la race des nobles et ministres de Dieu ; jamais choix ne fut plus habile. L'homme qu'il chargea de représenter le gouvernement dans cette province, était origi-

naire du pays dont il connaissait tous les usages. Issu de la noblesse, mais, par une suite de crimes, affilié à la clique des Jacobins, il n'ignorait pas quels étaient les principaux seigneurs et
les prêtres les plus remarquables de la contrée ; ce qui pro-
mettait à l'infâme tyran une ample moisson de têtes. Le proconsul avait été élevé dans des principes honnêtes, et ses manières distinguées faisaient un contraste frappant avec celles de
ses amis tous sortis des rangs les plus infimes de la populace.
Mais sous cette apparence de noblesse, il cachait l'âme la plus
basse que l'on puisse rencontrer : tout sentiment d'honnêteté et
de bien était éteint dans le cœur de ce malheureux. Admirable-
ment doué pour seconder son digne maître dans ses desseins
sanguinaires, il partit pour sa mission en promettant à Robespierre de ne revenir à Paris qu'après avoir abattu la tête du
dernier noble et du dernier prêtre. Depuis longtemps il avait
répudié le noble nom que lui avait légué son père pour en
prendre un plus en rapport avec ses principes de perversité.
Aussi, dès son arrivée à Besançon, il ne fut reconnu de personne.
On le croyait même étranger au pays, car son accent paraissait être celui des populations du Midi au milieu desquelles il
avait longtemps habité.

Cette circonstance favorisa encore ses plans de meurtre au
cœur même de son pays natal. Il s'était entouré d'hommes entièrement dévoués à ses volontés. Cinq d'entre eux formaient
son conseil dans lequel ses plans odieux étaient examinés et
adoptés. Jamais une voix ne s'élevait contre les cruautés que
l'on proposait, car ces hommes étaient aussi cruels et aussi
corrompus que le proconsul, et d'ailleurs l'un d'eux eût-il osé
proférer une parole en faveur des innocents que sur le champ
on l'aurait puni de mort.

A peine installé à Besançon, le représentant voulut commencer son œuvre par assouvir sa vengeance à l'égard de ceux qu'il

aurait du épargner et protéger dans ces temps malheureux. Il proposa au conseil dont nous avons parlé son projet, qui fut approuvé. Mais il était si contraire aux lois de la nature, que l'un de ces monstres en fut indigné, et résolut de conjurer le danger auquel étaient exposés ceux que le proconsul poursuivait de sa haine. Ces nobles proscrits étaient précisément M. de Valfleury et sa famille. Le conseiller du proconsul écrivit au comte ces quelques lignes : « Le plus grand péril vous menace vous et votre famille. Votre titre de noble et de défenseur de la religion n'est pas ce qui me pousse à la démarche que je fais auprès de vous, car je suis un fils de la liberté et un ennemi de votre Dieu.

« Afin d'éviter une mort imminente, hatez-vous de fuir, le temps presse. La Suisse est peu éloignée ; vous y serez à l'abri des coups de votre persécuteur. Je favoriserai moi-même votre évasion. Après demain, à huit heures du matin, je serai à la frontière. »

A la lecture de cette lettre, M. de Valfleury demeura calme. Il pensait déjà au bonheur qu'il goûterait bientôt dans le ciel avec sa douce Eugénie, son cher Augustin, et ses enfants bien-aimés : « Allez dire à celui qui vous envoie, répondit-il au messager, que je ne tremble pas devant la persécution, et que la mort sera pour nous l'heure de notre délivrance, et le commencement de notre bonheur éternel ; nous ne fuirons pas, mais nous attendrons ici la hâche du bourreau. Dieu sera notre force et notre soutien. » Eugénie et Augustin, tenant embrassé le noble comte dans leurs bras, l'encouragèrent dans cette fermeté, heureux de cueillir avec lui la palme du martyr.

Mais Dieu en avait décidé autrement : le messager était porteur d'une seconde lettre qu'il devait remettre au comte dans le cas où il refuserait de fuir. M. de Valfleury en prit connaissance ; elle était ainsi conçue.

« Vous avez pu vous étonner qu'un homme tel que moi, votre ennemi implacable, ait eu l'intention de favoriser votre fuite, et d'éloigner de votre famille le péril qui la menace. En voici le motif : Ami intime du proconsul, je suis initié à tous ses secrets, à toutes ses entreprises. Il a résolu de vous traîner au supplice vous et votre famille. Et ce proconsnl est votre propre frère ! Mon esprit s'est révolté à la pensée qu'un homme allait tremper ses mains dans le sang de son frère. Voilà pourquoi je veux vous sauver. »

M. de Valfleury et son épouse furent glacés d'effroi, et ne purent proférer une seule parole. « Mon Dieu, s'écria-t-il, qu'est devenu mon pauvre frère ! pourquoi ma mère l'a-t-elle porté dans son sein ! Je vous offre cette cruelle épreuve pour le salut de son âme. » Et s'adressant au messager : Je consens à prendre la fuite ; dites à votre maître que je serai après demain au lieu et à l'heure indiqués.

L'inconnu partit à la hâte, et laissa l'infortuné famille donner un libre cours à ses larmes. Sans perdre de temps, M. de Valfleury fit venir au château Isidore et les plus notables des habitants. Tous, comme nous avons eu occasion de le dire, à l'exception de Grosclaude et de Denis étaient restés fidèles à leur seigneur, et n'avaient pas adhéré aux idées nouvelles. Instruits par les soins du comte et d'Augustin, ils avaient su apprécier ce que les principes du jour contenaient de venin.

Réunis dans la grande salle du château, et entourant le comte et sa famille, ces braves gens comprirent qu il s'agissait d'une affaire de la plus haute importance. Au milieu du silence général, M. de Valfleury prenant la parole : « Mes bons amis, dit-il, j'ai à vous apprendre des nouvelles, que j'en suis convaincu, ne sauraient vous trouver indifférents. Un messager de Besançon vient de m'apporter une lettre dans laquelle il m'est ordonné de fuir ; car le proconsul m'a voué à la mort ainsi que ma famille. Je n'aurais jamais reculé devant le martyr. Mais celui qui veut répandre notre sang est mon propre frère. Il s'arrêta : les larmes inondaient son visage. Oui c'est mon frère, continua-t-il, je veux lui épargner le plus grand des forfaits. Je fuirai donc et vous laisserai seul. Dieu le veut. Priez le ciel pour ce malheureux qui s'est fait le ministre de l'enfer. Quand Dieu aura ramené le calme au sein de la patrie, qu'il aura anéanti les instruments de ses vengeance, je reviendrai près de vous, et vous retrouverai animés des mêmes sentiments de foi et du même zèle pour la gloire de Dieu. »

Cette foule, profondément émue, s'écria : « Comment pourrons-nous conserver le dépôt de la foi, si vous nous abandonnez, si nous n'avons plus de guide? Et tous, à genoux, ils conjurèrent le comte de conserver par la fuite sa vie et celle de sa famille. « Mais, ajoutèrent-ils, laissez au milieu de nous notre cher Augustin. Que deviendrons-nous sans lui ? Oh ! nous le garderons précieusement, nous le cacherons aux regards des méchants, et malheur à celui qui tentera de nous le ravir. »

Le comte objecta qu'il ne pourrait jamais se séparer de son fils ; qu'il avait mission de veiller sur sa vie, et que d'ailleurs sa mère serait incapable de supporter son absence. Mais le pieux jeune homme s'unissant à ces braves campagnards : « Mon père, dit-il, je ne puis éprouver une peine plus grande que celle de vous quitter, surtout en temps aussi terribles. Mais ne voyez-vous pas que la volonté de Dieu exige que je reste au milieu du troupeau, demeuré sans pasteur et sans guide. Laissez-moi le diriger en votre absence et le mettre en garde contre la fureur des loups. Vivez tranquille dans un pays qui ne connaît pas les horreurs de l'impiété et du meurtre, et songez que le bon Dieu n'abandonnera pas votre fils. Non, il ne permettra pas que l'impie mette la main sur un pauvre enfant qui lui est consacré, et quand le jour de calme et de paix aura lui sur la France, vous retrouverez ici au milieu de vos fidèles sujets votre fils qui n'aura cessé de vous aimer et de prier pour vous ».

M. de Valfleury, assuré de la volonté de Dieu, accepta cette nouvelle épreuve, et consentit à laisser ce fils chéri avec ses bons amis ; « Je vous en supplie, ayez bien soin de lui ; défendez-le, cachez-le bien, afin qu'il ne tombe pas entre les mains de l'ennemi. » Tous d'une voix unanime jurèrent au comte de lui rendre Augustin sain et sauf. Isidore s'approchant de la noble dame ; « Ma chère bienfaitrice, dit-il, quand tout le monde l'abandonnerait, pour moi, je lui serai fidèle. On me tuera plutôt mille fois que d'ôter un seul cheveu de la tête de votre enfant. »

M. de Valfleury serra la main de tous ses sujets en leur disant adieu. Tous avaient les yeux mouillés de larmes bien sincères. Après cette scène touchante, la famille fit ses préparatifs. Avant de prendre congé de son fils, M. de Valfleury le tint longtemps dans ses bras : « Mon cher enfant, que le bon Dieu soit avec vous. Jamais douleur n'égalera celle que nous causera votre absence. Mais notre confiance en Dieu nous soutiendra, votre mère et moi, alors que nous serons loin de vous. Nous ne cesserons de prier pour votre conservation, car votre vie sera exposée au danger tant que durera le règne de la Terreur. Ne commettez aucune imprudence ; songez à votre père, à votre tendre mère, et surtout à votre vocation. Votre vie ne vous appartient pas, ne l'exposez donc jamais, quelque beau que vous paraisse le martyr. Maintenez dans la foi les habitants de ce pays, et par vos paroles et vos exemples, empêchez-les de tomber dans l'abîme. »

V

LES MAUVAIS JOURS

Après ces paroles, il serra son enfant contre son cœur. Augustin se jeta ensuite dans les bras de sa bonne mère qui l'inondait de ses larmes et de ses caresses. Nous n'essayerons pas de décrire tout ce qui se passa dans le cœur de cette mère chrétienne, ni de raconter cet adieu déchirant. Isidore, témoin de cette scène de douleur, arracha le saint jeune homme, qui avait perdu connaissance, à l'affection de ses parents, et le conduisit dans sa demeure. La famille monta dans la voiture d'un habitant du village qui la conduisit à la frontière. Seul le bon Jacques, le vieux jardinier, resta pour veiller à la garde du château. Gabrielle accompagnait les pauvres proscrits.

Après quelques heures, le pauvre Augustin, à la vue du château inhabité, sentit toute l'immensité de la perte qu'il avait faite, lui qui n'avait jamais été séparé de ses chers parents, qui n'avait jamais quitté son père et son maître, se trouvait seul, privé de cet appui au milieu de la tempête révolutionnaire, exposé à tous les dangers. Une profonde tristesse s'empara alors de sa grande âme. Son vertueux père, sa pieuse mère, les verra-t-il encore? Cette pensée gonfla son pauvre cœur, et des larmes de douleur s'échappèrent de ses paupières. Lui qui, quelques heures auparavant, avait supplié le comte de le laisser au milieu de ses fidèles sujets, dut payer ce dernier tribut à la nature.

Isidore le ramena peu à peu à des sentiments de plus grande fermeté, et chassa l'ennui et le dégoût qui s'étaient emparés de l'âme du saint jeune homme, en lui rappelant la volonté de Dieu et les souffrances de notre Seigneur. Ah! oui, s'écria ce noble enfant, je suis séparé de tout ce que j'ai de plus cher au monde, et exposé à mille dangers, mais je fais la volonté de Dieu. Et puis pourquoi refuserais-je de souffrir, quand mon Sauveur est mort pour moi sur la croix. Mon Dieu, pardonnez-moi d'avoir été si faible et si lâche, et donnez-moi la force et le courage. Veillez sur mes chers parents, qu'il ne leur arrive aucun mal pendant les jours de l'exil, daignez les ramener en des temps meilleurs au sein de leur patrie, au milieu de leurs sujets restés bons et chrétiens.

Dès lors Augustin ne montra plus de faiblesse; il conserva toujours le plus grand calme, surtout à l'heure du danger. Il se tint donc chez Isidore cette première journée.

Afin d'éviter les surprises, il fut convenu avant le départ de M. de Valfleury, qu'Augustin ne resterait pas plus d'un jour dans la même maison, et qu'il irait ainsi de chaumière en chaumière, où il parlera't de Dieu, et de la sainte religion. Car, hé-

las ! le pasteur était mort depuis un an, laissant ses brebis privées
de la parole de Dieu. Augustin déploya auprès de ces chrétiens un
zèle vraiment sacerdotal. Plus d'une fois, il regretta de n'être pas
encore revêtu de la dignité de prêtre. Il aurait tant voulu célébrer dans le secret les saints mystères, comme on le pratiquait
à l'époque des grandes persécutions.

Le fils du comte de Valfleury ne devait pas jouir d'une paix
bien solide en ces lieux. Les dernières paroles de son oncle
n'étaient pas de nature à le rassurer ; et s'il les eût rapportées à
son père, jamais le comte ne l'aurait laissé seul à Valfleury.
Car Edouard, qui avait juré de tirer de son neveu une vengeance éclatante, était à la tête de toute la province ; la vie de tous
les citoyens étaient entre ses mains. Augustin pressentait bien
le danger, mais il mettait en Dieu toute sa confiance, et le priait
pour son église.

Il y avait à peine vingt-quatre heures que le comte et sa
famille avaient pris la route de l'exil, lorsqu'un homme, accompagné de deux soldats et envoyé par le proconsul, se présenta
dans le pays. Il avait ordre d'arrêter le comte avec sa femme et
ses enfants, et de les conduire à Besançon sous bonne escorte.
L'étranger se rendit tout d'abord chez Grosclaude à qui il fit
connaître le but de sa mission. Grosclaude et Denis ignoraient
encore le départ des maîtres du château, et ne savaient pas non
plus qu'Augustin était caché dans le village. Heureux de voir
jeter leur seigneur en prison, ces deux impies conduisirent
l'envoyé au vieux manoir. Mais quelle ne fut pas leur surprise,
quand ils le trouvèrent complétement abandonné ? L'oiseau a
quitté son nid, dit l'envoyé, en se tournant du côté de ses gui-
des ; nous sommes venus trop tard.

Il avait promis au proconsul de lui amener toute cette famille,
et il se voyait dans l'impossibilité d'accomplir sa promesse.
Aussi sa fureur ne connaissant plus de bornes, il s'adressa au

pauvre Jacques, le seul gardien du château, du ton le plus violent :

— Où est ton maître ?

— Il est parti depuis hier, répondit timidement le vieux serviteur.

— Qui l'a averti du danger qui le menaçait ?

— Un inconnu arrivé de Besançon.

— Et où le comte s'est-il dirigé ?

— Je l'ignore, il ne m'a rien dit à cet égard.

— Et toi, quel parti suis-tu ?

— Je suis fidèle à mon seigneur et maître qui n'a cessé de me faire du bien depuis que je suis né.

— Crie : Vive la révolution !

— Non, je ne sais crier que : Vive le roi !

— Maudis Dieu et la religion catholique, et adhère au culte de la raison ?

— Je ne veux pas renier mon Dieu qui vit au ciel, et je veux rester catholique.

— Soldats, dit l'envoyé aux deux gardes qu'il avait amenés avec lui, arrêtez ce chien de catholique, et conduisez-le devant le proconsul, nous verrons s'il sera aussi ferme en face de la mort.

Il partit sur-le-champ et quitta ses hôtes , Denis et Grosclaude, en les priant d'informer le proconsul de tout ce qui se passerait dans le pays. Edouard, en apprenant que son frère lui avait échappé, entra dans la plus violente fureur. Il adressa de vifs reproches au messager, le menaçant de le mettre à mort. Mais celui-ci, pour le calmer, lui annoça qu'il avait amené le gardien du château qui pourrait lui fournir des renseignements sur le lieu de retraite de son maître.

On le fit comparaître devant le proconsul : « Ah ! c'est toi, Jacques, lui dit ce dernier, c'est toi qui rapportais à mon père toutes mes petites fredaines d'autrefois. Tu veux rester fidèle à tes seigneurs et mépriser notre révolution? Tu foules aux pieds le culte de la raison pour adorer un Dieu imaginaire! Dis-moi où est ton maître. » Le pauvre Jacques ne put indiquer au monstre la retraite de son noble frère, mais Edouard, furieux de ne rien obtenir, le condamna au dernier supplice. Bon et fidèle serviteur, vous avez été jugé digne de mourir pour la défense de la religion, et vous triomphez avec les saints martyrs. Gloire en soit rendue à Dieu au plus haut des cieux ?

Augustin, ayant eu connaissance de l'arrestation du bon Jacques et de la manière indigne dont il avait été traité, fut extrêmement peiné et dit à Isidore que le pauvre jardinier serait certainement mis à mort à la place de son père qu'on n'avait pu trouver au château. Il se mit à prier pour lui afin que le bon Dieu fût sa force et son soutien au moment du combat.

Toutes les familles de Valfleury étaient heureuses de posséder leur jeune seigneur, qui les édifiait par ses exemples. Tous les jours, matin et soir, il faisait la prière en commun, leur lisait quelques passages de la vie des saints ou de l'*Imitation de Jésus-Christ*. Il leur adressait aussi une petite instruction religieuse : « Ce temps de douleur et de persécution n'aura qu'une courte durée, leur répétait-il sans cesse. Après les persécutions viendront les jours de paix et de bonheur. Le règne des méchants et des impies ne s'appuie que sur la confiance, il ne peut durer qu'un soir; mais celui de la vertu reviendra bientôt, et la France renaîtra plus florissante et plus religieuse que jamais. « Il remplissait ainsi les cœurs d'espérance, et donnait du courage aux bons habitants de la campagne.

Augustin était si bien gardé que Denis et Grosclaude ne purent savoir sa présence à Valfleury. Il était important de la leur laisser ignorer; car il était bien évident pour tous que du jour où ces deux hommes connaîtraient le secret, Augustin ne serait plus en sureté dans le pays.

En effet, le proconsul avait résolu de découvrir à tout prix le lieu où la famille de son frère s'était réfugiée. Il envoya donc un nouveau messager à Valfleury, chez ses amis Denis et Grosclaude pour leur promettre de fortes sommes d'argent, s'ils parvenaient à le mettre sur la trace du comte.

Ils lui promirent d'essayer tous les moyens possibles pour réussir dans cette entreprise.

Dès lors, ils s'efforcèrent de gagner un habitant du village qui, bien que dévoué au comte, laissait paraître quelques tendances aux idées révolutionnaires. Ils allèrent le visiter un soir, lui firent, au nom du proconsul, les plus belles promesses, s'il leur découvrait la retraite de M. de Valfleury. L'appât de l'argent fit oublier à ce malheureux tous ses devoirs. « Je ne sais, lui dit-il, où s'est retiré le noble comte, mais je puis vous assurer que son fils Augustin est resté dans le pays, pour fortifier les fidèles et les encourager. Je ne saurais vous préciser sa demeure, son séjour dans la même maison ne se prolongeant pas au-delà de vingt-quatre heures. Comme première récompense de cette trahison, les deux amis lui donnèrent cinq pièces d'or, et se retirèrent enchantés du succès de leur démarche. Si le proconsul ne peut mettre les mains sur le père, se dirent-ils, du moins, il aura le fils. Il sera satisfait, et nous récompensera largement.

Denis, sans perdre de temps, porta cette nouvelle au représentant du gouvernement, qui le reçut avec bonté. Le mauvais villageois lui déclara que le comte était à l'abri de ses poursuites, qu'il avait passé la frontière, mais qu'il avait laissé son fils aîné Augustin dans le village pour soutenir les habitants dans la la foi et empêcher par ses paroles qu'ils ne soient infidèles à Dieu et au roi.

Edouard accueillit cette nouvelle avec une joie mal dissimulée. Il va donc tomber dans mes mains, cet enfant hypocrite, ce jeune fou que les niais et les campagnards portaient aux nues, et qui a osé me faire des observations dans le château de mes pères, sur la conduite que j'ai tenue autrefois. Je t'ai juré une haine éternelle. L'heure de la vengeance va sonner. Tu n'échapperas pas à ma colère. On verra si ton Dieu saura te tirer de ce mauvais pas.

Il admit à sa table le méchant Denis, et le questionna sur les dispositions des esprits au village. Quand il sut que son neveu seul, par son acendant, contenait dans l'obéissance au comte, et la fidélité à la religion, toute la population du pays, il jura de le mettre à mort, et de détruire à Valfleury tout ce qui touchait à la royauté et au christianisme.

Augustin et ses amis ne soupçonnaient pas la trahison qui allait le livrer à son oncle. Il vaquait à ses occupations avec beaucoup de prudence, il est vrai ; mais s'il se fût douté que sa présence au village était connue de Denis, il se serait mis en sûreté contre toutes les recherches qui pourraient être tentées dans le but de le découvrir.

Pendant ce temps, Edouard fit venir deux de ses fidèles serviteurs, et leur enjoignit de se rendre à Valfleury avec vingt soldats et de lui amener le fils du comte. Munis d'un mandat d'arrêt, les deux envoyés, accompagnés des soldats qu'ils avaient requis pour cette odieuse besogne, partent sans retard, et arrivent dans le paisible village. Nul, si ce n'est Denis et Grosclaude, n'attendait leur arrivée, et on ne fut pas peu surpris, quand on vit ces deux hommes à mine sinistre et leurs soldats s'établir dans le pays. Il ne fut plus alors possible de douter du motif qui les amenait. Le bon cultivateur M. chez qui se trouvait le pauvre persécuté s'empressa de cacher l'intéressante victime au milieu d'un énorme tas de foin, priant Dieu que les recherches devinssent inutiles,

Les soldats, sur l'ordre de leurs chefs, gardent les issues du village. Leurs fusils étaient armés, prêts à faire feu sur quiconque tenterait de fuir. Aussitôt les perquisitions commencent. Les deux émissaires d'Edouard pénètrent d'abord avec quatre soldats dans le château, qu'ils parcourent en tous sens, et vidant un grand nombre de bouteilles trouvées dans l'habitation seigneuriale. La tête échauffée par le vin, ils visitent toutes les maisons de fond en comble, mais inutilement. Ils arrivent enfin chez le courageux M. qui les reçoit froidement : « Comment, leur dit-il, vous me faites l'injure de fouiller ma maison. Mais, puisque vous venez au nom de la loi, faites votre devoir. » Il les conduisit d'un pas ferme dans les coins et recoins de sa demeure. Il parlait avec tant de calme et d'assurance, que les persécuteurs auraient eu peine à supposer qu'il recélait chez lui le le fils du comte de Valfleury. Ils voulurent cependant achever leur besogne. « Menez-nous au grenier, dirent-ils, d'un ton sec. « Et le brave homme, contenant son émotion jusqu'à la fin, les conduisit au milieu des gerbes de blé accumulées dans son grangeage. Les soldats fouillent de tous côtés avec leurs baïonnettes, ne rencontrant aucune résistance. Ils en concluent que le jeune Augustin n'est point caché dans cette demeure. M. leur offrit ensuite quelques liqueurs qu'ils acceptèrent volontiers avant de se retirer. Il leur répéta qu'il était à leur disposition, quoique ces sortes de réquisitions lui fissent injure.

Dès que ces hommes eurent franchi le seuil de sa demeure, M. sentit une sorte de bien-être couler avec le sang dans ses veines ; il était délivré d'un lourd fardeau. Les recherches des envoyés n'ayant pas abouti, ces brigands pensèrent que le jeune homme, averti à temps de leur arrivée, avait pris la fuite.

Ils retournèrent à Besançon rendre compte au proconsul de leur mission.

Quand Edouard sut que son neveu venait aussi de lui échapper, il entra dans un état difficile à dépeindre. Il ne parlait de rien moins que de faire périr ceux qu'il avait envoyés à Valfleury. Mais ceux-ci se gardaient bien de paraître en sa présence, tant qu'il ne se fût pas un peu calmé. Edouard attendit une occasion plus favorable et comptant toujours sur la fidélité de ses deux alliés Denis et Grosclaude, il espérait que dans peu de jours, il aurait des nouvelles précises de son neveu.

Cette occasion ne se fit pas longtemps attendre. En effet, quinze jours après le triste événement que nous venons de rapporter, un incident fortuit fit connaître qu'Augustin ne s'était pas éloigné du pays, malgré les précautions dont il s'entourait depuis l'époque de la perquisition.

Un soir, vers six heures, il venait de sortir de chez M. pour se rendre dans la chaumière d'un autre habitant, lorsqu'il entendit le pas d'un cheval qui arrivait au galop. Le cavalier, par un faux mouvement qu'il fit exécuter à sa monture, tomba aux pieds d'Augustin qui s'empressa de le relever. C'était Denis qui revenait du canton. La chute n'eut aucun grave résultat. Mais Denis, s'apercevant que celui qui l'avait secouru si généreusement n'était autre que le fils du comte, lui dit d'un ton fort étonné : « Je ne vous croyais plus à Valfleury. Vous étiez donc bien caché quand les commissaires du proconsul sont venus ici pour vous arrêter. Vous êtes incorrigible. Je vois bien que vous cherchez la mort et que vous ne ferez rien pour l'éviter. Vous aurez beau cacher votre retraite, on saura bien vous dénicher, bel oiseau. » et en prononçant ces infernales paroles, Denis rentra chez lui satisfait. La joie qu'il ressentit lui fit oublier sa chute, et le lendemain, dès l'aube du jour, il prit la route de Besançon. Admis auprès du proconsul, il l'informe qu'il n'était nullement la cause de l'insuccès des premières recherches qui n'ont peut-être pas été faites avec un soin assez minutieux, et l'assure de nouveau que son neveu n'a pas quitté le pays. Pour preuve de ce qu'il avance il lui raconte sa chute de cheval et la manière dont il avait découvert la présence du jeune homme à Valfleury.

Edouard, sautant au cou de son interlocuteur, fit paraître une joie aussi peu mesurée que l'avait été sa fureur quinze jours auparavant, et jura que cette fois son neveu ne saurait lui échapper. Il se rendit à Valfleury afin de pouvoir saisir lui-même sa victime. Sa présence était d'ailleurs nécessaire dans ce pays, pour vendre à son profit tous les biens qui restaient à son frère, tels que le château et plusieurs propriétés que le comte n'avait pas fait entrer dans le partage de ses terres entre les habitants. Il désirait, en outre, voir par lui-même si son représentant à Vesoul s'acquittait fidèlement de son devoir.

Il mit donc ordre aux affaires les plus pressantes, et partit avec Denis. Il se fit accompagner par un peloton de soldats qui formaient sa garde. Un de ses amis de Besançon, monstre de cruauté, bien digne de l'amitié du tyran, vint avec lui, afin de visiter le château et d'en faire l'acquisition.

Augustin raconta à ses amis du village la rencontre qu'il avait faite de Denis, et les paroles que ce dernier lui avait adressées. A partir de ce moment, redoutant des recherches plus actives que les premières, il se tint caché et ne sortit plus. Son calme en présence du danger étonnait tous les habitants. Sa patience en ce temps de cruelle épreuve édifiait tous ces bons chrétiens, et ranimait leur foi. La piété de ce saint jeune homme passait dans le cœur de tous ceux qui le voyaient, et qui avaient le bonheur d'entendre ses paroles.

Cependant Edouard, durant le cours de son voyage, cherchait un moyen pour s'emparer de son neveu. Bien des difficultés se présentaient. Mais l'esprit du mal lui inspira une combinaison qui ferait réussir son odieux projet. Sachant tout ce que le cœur d'Augustin renfermait de charité, il était persuadé qu'il sortirait de sa retraite pour secourir des infortunés. Son plan est formé. Reste l'exécution. Il prend ses mesures pour entrer à Valfleury au milieu de la nuit afin que personne ne s'aperçoive de son arrivée. Il pénètre en effet dans le village à une heure où chacun est plongé dans le plus profond sommeil. Il fit mettre le feu à une maison qui occupe le centre, et dès que la flamme paraît au-dessus de la toiture, il jette le cri d'alarme. Tout le village est bientôt en émoi ; chacun, craignant pour sa propre nourriture et pour ses denrées, s'empressa de porter secours. Pendant les ténèbres la confusion est extrême. Augustin ne se souvenant plus qu'il était traqué, et n'écoutant que la voix de sa charité, se précipite hors de sa retraite, et vole au secours des incendiés. Il veut pénétrer dans la maison qui déjà est la proie des flammes, lorsque six forts gaillards l'entourent à la fois, le saisissent fortement et l'enlèvent du lieu du sinistre. Il est conduit dans une des salles du château, précisément dans celle où quelques années avant la triste époque qui nous occupe, il avait été victime de la brutalité de son oncle. Edouard jette sur le captif un regard diabolique, et s'adressant à ses gardes : « Soldats, veillez sur ce jeune homme qui ose s'élever contre les principes sacrés de la révolution. Il en est le plus redoutable ennemi. Gardez-le bien ; je serai généreux envers vous. »

On parvint cependant, au point du jour, à se rendre maître du feu. Augustin avait été aperçu dès le commencement de l'incendie, et on fut étonné de ne plus le revoir. Isidore se rendit dans toutes les maisons, mais son cher bienfaiteur avait disparu. Le bruit se répandit que le proconsul était arrivé pendant la nuit, et qu'il avait fait enlever son neveu. On n'entendit plus que des cris de douleur, et tous ces braves gens qui avait juré de protéger leur jeune seigneur, s'armaient déjà de tout ce qui pouvait leur être utile et se disposaient à exiger du tyran la liberté de leur maître. Mais Edouard, averti de ce mouvement, fit publier que si la moindre manifestation avait lieu en faveur d'Augustin, il ferait mettre le feu à tout le village.

En présence de cette terrible et cruelle menace, on dut se résigner à abandonner le pauvre jeune homme à la fureur de son oncle. On pria Dieu dans toutes les chaumières pour le salut de celui qui était le bon ange de la contrée.

Edouard vendit le jour même les biens à cet ami qu'il avait amené avec lui, et partit le soir avec sa victime à qui il n'épargnait ni insultes ni railleries. Il n'attendait que le moment de le voir monter à l'échafaud. Homme dénaturé ! c'est ainsi que vous versiez le sang de vos ancêtres qui coule dans les veines de ce jeune héros ! Si, comme vous, il avait été scélérat, vous l'eussiez épargné.

Le proconsul conduisit son captif à Vesoul. Il fut reçu avec enthousiasme par tous les amis de la terreur, les partisans de Robespierre. Au milieu de ces ovations, il n'oublia pas son prisonnier, le fit placer dans une petite maison qui servait de poste à l'entrée de la ville, et le laissa dans ce lieu pendant deux jours, sous la surveillance de ses soldats.

Augustin, depuis son arrestation, n'avait montré aucune faiblesse. Il avait trop bien présentes à l'esprit les souffrances de Notre Seigneur Jésus-Christ pour se plaindre de son sort. Ayant toujours vécu pour son Dieu, il ne redoutait pas l'approche de la mort. Il s'estimait heureux de pouvoir être compté au nombre des martyrs. Parfois de grosses larmes roulaient sur ses joues amaigries par la souffrance. C'était le souvenir de ses parents qui les faisait couler. Qu'il aurait voulu les embrasser encore une fois avant de mourir ! Mais son bon ange le consolait. Il ne reverrait plus ses parents en ce monde, mais en songeant qu'il jouirait avec eux un jour, du bonheur des élus, il ne pensait plus à la terre, et se préparait par la prière à mourir saintement. « Mon Dieu, s'écriait-il, ne permettez pas que je manque de courage ; soutenez-moi dans ce terrible moment. » Il se mettait sous la protection de la très-sainte Vierge, s a bonne mère, qu'il avait toujours si tendrement aimée. Dans sa prison, il n'avait qu'un peu de paille pour se reposer, et un morceau de pain pour sa nourriture. Il savait offrir à Dieu toutes ses souffrances.

On était arrivé à la veille du jour où notre héros devait comparaître devant ses juges et entendre prononcer contre lui la sentence de mort. Deux hommes vigoureux se promènent dans la campagne, se dérobant aux regards indiscrets à la faveur des ténèbres. A onze heures du soir, à ce moment de la nuit où toute la ville rentre dans le silence le plus complet, ils se dirigent lentement, évitant de produire le moindre bruit, vers la demeure où Augustin attend l'heure de son supplice. Le soldat qui veille à la porte de la maison est saisi par une main vigoureuse qui le baillonne et le garrotte. En même temps l'autre inconnu pénètre dans la maison. Tous les gardes, pris de vin, s'étaient endormis d'un profond sommeil, comptant du reste sur la sentinelle pour les avertir au moindre danger. Augustin veillait à genoux, les mains jointes ; il adressait à Dieu de ferventes prières lorsqu'il vit entrer son libérateur. Il se jette dans ses bras. L'inconnu, chargé de son précieux fardeau, se dirige du côté de la campagne avec son compagnon qui portait la sentinelle. Après avoir ainsi marché pendant deux heures, les hommes de bien font jurer au soldat de ne rien dire de cet enlèvement, et ne le mettent en liberté qu'à cette condition expresse. Celui-ci, qui avait craint de périr de la main de ses agresseurs, promit tout et se retira.

Ce fut alors qu'Isidore et son fils aîné serrant leur cher Augustin dans leurs bras, le comblèrent de caresses. Le saint jeune

Lomme ne pouvait revenir de son étonnement, et après avoir remercié le bon Dieu du fond de son cœur, il demanda à ses libérateurs comment ils avaient pu exécuter un projet aussi hardi.

Isidore et son fils se souvenant qu'ils avaient juré à M. de Valfleury de lui rendre son fils sain et sauf, avaient suivi le proconsul jusqu'à Vesoul. Ils s'étaient informés du lieu où serait détenu le prisonnier, attendant une occasion favorable pour le délivrer. Ils avaient fait généreusement le sacrifice de leur vie, et avaient juré de sauver leur jeune maître ou de mourir avec lui. Nous savons comment leur plan audacieux fut exécuté. Seuls, au milieu d'un bois épais, ils se mirent tous trois à genoux, et rendirent grâces à Dieu de la protection si visible qu'il venait de leur accorder.

Ils arrivèrent à Valfleury, le soir même du jour où Augustin devait être traîné au supplice. Que vos dessein sont admirables, Dieu de bonté et de miséricorde ! Vous avez voulu faire passer ce jeune homme par tous les périls et toutes les souffrances, pour qu'il puisse un jour accomplir votre œuvre de salut, sur une terre où vous avez été méprisé. Vous n'avez pas voulu l'introduire encore dans votre royaume, car sa mission n'est pas remplie. Vous serez son soutien, dans les nombreuses épreuves que vous lui réservez.

Qui saurait dire la joie de tous les amis d'Augustin, quand ils le revirent parmi eux. Cette fois, leur bonheur ne fut pas mêlé de tristesse. Presqu'en même temps arriva de Besançon un homme annonçant que la tête de Robespierre étant tombée, la terreur avait cessé. On allait désormais pouvoir vivre en paix; le règne du sang et du meurtre n'existait plus.

Lorsque dès l'aube du jour on vint annoncer à Edonard la disparition de son neveu, il fit périr les soldats qui n'avaient pas su le garder. Il se disposait à retourner à Valfleury pour ressaisir sa victime, lorsqu'un ordre de la Convention lui déclarait que Robespierre ayant reçu le châtiment de ses crimes, il était lui-même révoqué de ses fontions, et remplacé dans son gouvernement de Franche-Comté.

Ainsi fut sauvé celui qui fait l'objet de ce récit, et que Dieu destine à produire le bien dans la jeune et renaissante église de France. Sans doute le temps de la souffrance n'est pas encore passé, mais le calme commence à reparaître, et la crainte fait place à la sécurité.

VI

DOULEUR

Quand la double nouvelle de la délivrance d'Augustin et de la fin de la Terreur parvint à Valfleury, les honnêtes habitants de ce village furent saisis d'une joie bien méritée par leur longue souffrance. Chacun d'aborder le saint jeune homme, de lui demander comment il avait été emmené, comment on l'avait traité dans sa prison et enfin par quels moyens il avait pu s'échapper des mains de ses bourreaux. Lorsque les moindres détails de cet événement furent connus, on exalta le brave Isidore et son fils aîné qui devinrent l'objet de l'admiration générale. Connaissant la foi et la piété de cette excellente population, nous ne nous étonnerons pas de la voir se réunir pour rendre grâce à Dieu de ses récents bienfaits. Désormais, on allait jouir d'une certaine tranquillité ; on ne serait plus exposé tous les jours à la haine des ennemis de la société. Leur temps était fini. Denis et Grosclaude n'osant plus paraître en public, tant leur conduite indigne et lâche leur causait de honte, vendirent ce qu'ils possédaient et se retirèrent à la ville, afin d'éviter les regards des honnêtes gens qui étaient pour eux un perpétuel reproche de leurs crimes. Aucun regret de la part de la population ne marqua leur départ; on regarda, au contraire, leur retraite comme une bénédiction du ciel et une preuve de la bonté de Dieu.

Après quelques jours consacrés au repos, Augustin, entièrement remis des émotions si contraires et si violentes qu'il avait éprouvées dans ces derniers jours, pensa plus que jamais à sa famille, et conçut un vif désir de la revoir. Rien ne s'opposait plus à son retour; car le persécuteur du comte, son propre frère, était déchu. Le pouvoir dont il avait tant abusé venait de glisser dans ses mains, et M. de Valfleury pouvait rentrer sans danger. D'ailleurs, la convention, abandonnant la rigueur, favorisait le retour des émigrés.

Augustin écrivit donc à ses parents ces lignes dictées par une affection filiale peu commune : « Vous ne sauriez croire, mes chers parents, au bonheur que je goûte de pouvoir communiquer avec vous, et vous dire que je vous aime toujours. Maintenant que tout danger est passé, que toute crainte s'est évanouie, je m'empresse de vous faire connaître la suite des événements qui se sont produits à Valfleury depuis le jour de votre départ. Les méchants ont exercé une tyrannie qui n'a pas de précédent dans l'histoire d'aucun peuple. D'ailleurs vous avez pu, de la terre d'exil, vous rendre un compte exact de la situation. Que votre cœur, mes chers parents, devait souffrir quand vous appreniez les crimes nombreux qui se comettaient tous les

jours, et en pensant que votre fils bien-aimé pouvait être victime de la fureur des méchants. Mais rassurez-vous. Le bon
Dieu m'a conservé sain et sauf. Ce n'est pas que je n'aie vu de
bien près le danger, et que ma vie n'ait été plusieurs fois menacée. Mais Dieu n'a pas voulu ceindre mon front de la couronne des martyres. » Augustin raconte ensuite à ses bons parents les perquisitions faites à Valfleury dans le but de l'arrêter,
l'arrivée au milieu de la nuit du proconsul et de ses gardes,
l'incendie allumé sur l'ordre de ce tyran dénaturé, la manière
dont il avait été arrêté au moment où il portait secours aux
pauvres incendiés. Il leur parle de la brutalité d'Edouard qui
le conduisit en prison à Vesoul où il le laissa pendant trois
jours sans nourriture, en but aux insultes et aux railleries des
soldats qui le gardaient. Il n'oublie pas le coup de main hardi
par lequel Isidore et son fils l'avaient délivré la veille du jour
où il devait monter à l'échafaud, et la nouvelle apprise dès le
lendemain de la chute de Robespierre et de la fin de la Terreur.
« Tous ces événements, tous ces dangers remplissent encore
mon esprit. Il n'y a que quelques jours que j'ai été rendu à la
liberté d'une façon aussi miraculeuse. Je ne doute pas que vos
prières, que les supplications de ma bonne mère auprès de
Dieu, ne m'aient obtenu ma délivrance. Mais aujourd'hui, que
vous savez votre fils hors de danger, ne manquez pas de remercier la providence, et d'entendre une messe d'actions de grâces.
Mon Dieu, qu'il y a longtemps que je suis privé du bonheur
d'assister à ce saint sacrifice ! Quand permettrez-vous, ô mon
Dieu, que les autels soient rétablis sur le sol de la France ?
Quand rendrez-vous à chaque troupeau son pasteur, à chaque
fidèle la nourriture de son âme ?

« Qu'il me tarde, mes chers parents, de savoir ce que vous êtes
devenus sur la terre étrangère ! Que ma mère a dû souffrir !
Mon frère qu'a-t-il fait ? Et ma sœur n'a-t-elle manqué de rien ?

Quant à vous, mon père bien-aimé, je crains que votre santé
ne se soit altérée. Je sais que votre cœur est si bon, que vous
êtes sensible aux maux de la France. Je sais surtout que la
conduite de votre frère vous a causé tant de peine et de douleur,
qu'il serait presque impossible de s'imaginer que votre santé
n'en ait pas souffert quelque peu. Mais j'éloigne de moi cette
funeste pensée.

Tous vos fidèles serviteurs de Valfleury réclament à grands
cris votre retour ; et il n'est personne qui le demande plus haut
que moi. J'ai pu vivre séparé de vous au moment du suprême
danger, mais dans les jours de calme, il me serait impossible de
vivre sans vous. Revenez sans aucun retard, mes chers parents.
Oh ! qu'il me sera doux de me jeter dans vos bras ! Quel délicieux moment ! Je l'appelle de tous mes vœux. Sur votre cœur
j'oublierai toutes mes souffrances, toutes mes douleurs. Les
portes du château ne s'ouvriront plus devant vous. Le pauvre
Jacques, hélas ! ne sera plus pour vous introduire dans votre
manoir, mais tout le peuple qui vous est resté fidèle formera
votre cortége, chaque demeure s'ouvrira pour vous recevoir,
et si vous n'avez plus de lambris dorés, vous posséderez le
cœur du pauvre, et vous partagerez avec lui et son toit et son
pain. Ne vous faites pas attendre plus longtemps, car votre fils
ne saurait survivre à sa douleur.

Le bon Victor qui vous porte cette lettre, m'annoncera à
son retour le jour de votre arrivée, afin que je puisse courir à
votre rencontre.

En attendant le bonheur de me sentir sur votre cœur, je vous
embrasse mille fois avec amour,

Votre fils chéri,

AUGUSTIN.

A la vue de Victor, la famille de Valfleury, alors établie à Bâle, fut vivement impressionnée. Depuis que la Terreur avait cessé, le comte et son épouse attendaient des nouvelles du village avec la plus grande anxiété, mais en apercevant cette figure si connue, ils éprouvèrent les émotions les plus contraires. Apporte-t-il une bonne nouvelle ? Augustin respire-t-il ? Aurait-il péri sous les coups des méchants ? Ils n'osaient fixer leurs regards sur le messager pour lire la nouvelle dans ses traits, tant ils redoutaient qu'elle ne fût mauvaise.

Victor remit au comte la lettre d'Augustin. M. de Valfleury la saisit d'une main tremblante, l'ouvre précipitamment, et voyant qu'elle est écrite de la main de son enfant, il répand un torrent de larmes, tant est grande la joie qu'il ressent. La comtesse, avec ce tact qui n'appartient qu'aux mères, devine tout, et se jetant dans les bras de son époux, elle goûte un véritable bonheur. Remis peu à peu de leur première émotion, ils embrassent le fidèle Victor, à qui ils font l'accueil le plus cordial. M. de Valfleury lit ensuite à haute voix la lettre de son fils. Plus d'une fois, il s'arrête pour répandre une grosse larme ou pour remercier la providence. Son fils avait tant souffert, il avait été exposé à tant de périls, et avait vu la mort de si près. Ces bons parents ne regrettant pas la perte de toute leur fortune, ils ont conservé l'objet de leurs plus chères affections, leur cher Augustin. Et puis leurs anciens sujets sont demeurés fidèles à Dieu. Que leur faut-il de plus ? Que leur importe tout le reste ?

Ils résolurent sur le champ de retourner à Valfleury, ne pouvant résister plus longtemps au désir de revoir leur ange bienaimé que Dieu avait conservé si miraculeusement à leur affection et aussi tous les bons amis du village. Ils renvoyèrent donc Victor avec une lettre annonçant que toute la famille arriverait vingt-quatre heures après le message.

Le jeune homme, quand il reçut cette lettre écrite de la main de son père, la baisa bien des fois, l'arrosa de pleurs, et annonça à tous ses amis l'arrivée prochaine de ses parents. Il pria un bon villageois de mettre une voiture et un cheval à sa disposition, et partit sans retard avec Isidore. Ils arrivèrent à Lure dans la soirée. M. de Valfleury et sa famille s'étaient déjà installés dans un hôtel pour y passer la nuit. Dès qu'Augustin en a connaissance, il court à cet hôtel, laissant à Isidore le soin de la voiture, et montant à la hâte à l'appartement occupé par sa famille, il ouvre la porte, et se précipite dans les bras de son père. Sa mère le presse également sur son cœur, l'inonde de ses baisers et de ses larmes, et il ne peut se soustraire à de si douces étreintes. On ne saurait dépeindre des scènes de ce genre, que la bouche est impuissante à redire, et que la plume se refuse à décrire. Que se passa-t-il pendant cette nuit de bonheur ? Celui-là seul le sait qui, ayant passé de longs jours loin de ceux qu'il aimait le plus au monde, s'est trouvé un jour dans leurs bras, enivré de bonheur. Isidore se hâta de rejoindre ses maîtres, qui le remercièrent avec effusion de son dévouement. Augustin multiplia ses caresses à son jeune frère, et à la belle petite Angèle en qui on remarquait toutes les grâces et toutes les vertus de sa pieuse mère. Heureuse famille ! vous voilà au comble du bonheur. La perte des biens du monde ne vous attriste pas, car vous avez toujours été pauvres dans le sens de l'Évangile. Combien de gens en ce monde, privés des biens de la fortune sont cependant riches d'esprit, par leurs désirs immodérés de posséder les richesses, et par une manière de vivre peu en harmonie avec leur position.

La famille de Valfleury était née dans l'opulence, mais elle avait fait un bon usage des biens qui lui avaient été donnés, en les distribuant aux pauvres de Jésus-Christ. La fortune n'avait jamais enorgueilli ces nobles chrétiens. Au sein de la gran-

deur leur esprit était demeuré pauvre. C'est pourquoi on pou
vait leur appliquer ces paroles du sauveur : « Heureux les pauvres d'esprit, c'est-à-dire les pauvres d'intention. Aussi, ayant
usé de la sorte des richesses, ils ne souffrirent pas quand ils en
furent dépouillés, et M. de Valfleury ainsi que sa douce Eugénie
purent dire : « Le Seigneur nous avait tout donné, ils nous a
tout ôté ; que son saint nom soit béni. »

Le lendemain, Isidore prépara la voiture, et la famille se mit
en marche pour Valfleury, où elle arriva vers le soir. Paul jeta
un regard sur la maison de ses aïeux et fut conduit chez Isidore
qui voulut le premier le recevoir sous son toit : « Monseigneur
et mon maître, lui dit-il, vous ne pouvez descendre que dans
cette demeure, car elle est votre propriété. Tout ce qui est ici
vous appartient. Disposez-en selon votre volonté. Je ne veux
être que votre serviteur, et je suis prêt à exécuter vos ordres. »
Le comte, touché de ces témoignages d'affection déféra au désir
de son protégé qui était devenu son ami. Aussitôt la foule s'approcha de la maison où la famille venait d'entrer. A peine le
retour des nobles proscrits avait-il été connu dans le village,
que tous les habitants, hommes, femmes, vieillards, enfants,
tous vinrent présenter leurs hommages à leurs bons maîtres, et
les assurer de leur affection. Paul tendit la main à tous ses
amis, pendant que la comtesse embrassait toutes les femmes,
les jeunes filles et les enfants. C'était une grande fête de famille.
Les habitants étaient autant d'enfants qui venaient fêter le retour inespéré de leur père, de leur bienfaiteur.

Mais on remarqua avec peine que M. de Valfleury avait perdu
sa belle santé ; son visage amaigri présentait une pâleur qu'on
ne lui connaissait pas. Ses yeux si vifs, si ardents autrefois,
semblaient presque éteints. Chacun craignait qu'il ne fût at-
teint d'une maladie qui priverait le pays de son seul appui, de
son seul protecteur. Augustin, le premier, avait distingué ce

changement survenu dans la santé de son père ; il l'avait même prévu, comme nous l'avons dit plus haut, mais il ne croyait pas que le mal fût si grand. Sans oser communiquer ses craintes à sa mère, il gémissait dans le silence de son âme et priait Dieu pour la guérison de son père, et pour éloigner le plus grand malheur qui pût le frapper ainsi que la famille tout entière.

Tous les villageois s'empressèrent à l'envi d'offrir au comte leur habitation, et le supplièrent de venir séjourner au milieu de chaque famille. M. de Valfleury visita ainsi tous ses amis, et prit place à tous les foyers, heureux de s'asseoir à la table du peuple, lui qui était devenu le dernier pauvre du village.

Il ne lui restait plus à Valfleury qu'une petite propriété, qui aurait à peine suffi aux besoins de sa famille, et que son frère, dans la précipitation qui avait présidé à son départ, avait oublié de vendre. C'est le seul héritage qu'il léguera ici-bas à ses enfants, leur laissant une richesse plus grande, celle de la foi et d'une éducation ferme et vraiment chrétienne.

Il y avait à peine huit jours que le comte était de retour, lorsqu'un jeune homme de bonne apparence se présenta dans le village, demandant à voir M. de Valfleury. Que signifiait cette visite ? Etait-ce encore quelque citoyen de l'école de Robespierre ? Plusieurs habitants ne dissimulaient pas leurs craintes. Cependant l'inconnu paraissait modeste, grave ; rien de léger dans son maintien. Tous ses traits étaient empreints d'un cachet de tristesse qui résultait évidemment de la souffrance.

Introduit auprès du comte, qui le reconnut aussitôt pour un membre de l'association qu'il avait fondée à Paris, il lui donna le baiser fraternel. Le jeune homme raconta tous les événements qui s'étaient accomplis depuis le jour où, quittant la capitale, M. de Valfleury avait laissé l'œuvre et ses amis à la merci des monstres qui étaient sur le point de tout ensanglanter.

Paul, au récit de la sainte mort de son vénérable ami l'abbé de G., ne put retenir ses larmes. Celle du marquis de V., qui périt avec toute sa famille, et le supplice du plus grand nombre des sociétaires, le touchèrent sensiblement. Il avait pensé que ces nobles têtes n'auraient pas été épargnées, et il reconnaissait son indignité, n'ayant pas été jugé digne comme eux de la palme du martyr.

Si vous n'avez pas été violemment mis à mort comme vos saints amis, chrétien fidèle, Dieu néanmoins vous a jugé digne d'un martyr continuel. La souffrance et la douleur pendant tous ces jours terribles ont été votre partage, et vous conduiront lentement au tombeau. C'est une sorte de martyr très-agréable à Dieu.

Augustin, qui était présent, écoutait avec la plus grande attention le récit du jeune homme. A la nouvelle de la mort glorieuse de son père spirituel, il pâlit et eut peine à contenir sa douleur. Aussitôt on se mit à prier, non pour le repos de leurs âmes, mais plutôt pour glorifier Dieu de les avoir admis au céleste bonheur.

Toutes ces nouvelles aggravèrent l'état du comte, qui ne fit plus que languir. Chaque jour il s'affaiblissait davantage. Sa tendre épouse ne quittait plus ses pas. Elle pleurait souvent dans l'amertume de son âme. Le plus grand sacrifice que Dieu eût pu lui demander, était la perte de son époux. Elle n'avait vécu ici-bas que pour lui, qui avait été après Dieu l'objet de ses plus tendres affections. Il était tout son bien, tout son trésor. « Mon Dieu, s'écriait-elle, si vous appelez à vous mon cher Paul, ne me laissez pas sur la terre, faites que je l'accompagne, et que mes cendres reposent avec les siennes dans le même tombeau, pendant que nos âmes, qui ont toujours été si bien unies, monteront ensemble auprès de vous pour y jouir du bonheur éternel. » Que lui importait la mort, pourvu qu'elle ne fût pas séparée de son époux.

Quant à Augustin, tel il avait été durant toute sa vie, tel il se montra au chevet du malade qui, désormais, ne devait plus quitter le lit. Le médecin qui le soignait avait dit au jeune homme que tout espoir de sauver son père était perdu, et qu'il n'y avait plus qu'à attendre le moment de la mort. M. de Valfleury était attaqué d'une maladie de cœur causée par ses longues souffrances. Il pressentait lui-même sa fin prochaine, et montrait à tous la plus grande patience et la plus admirable résignation. Parfois il paraissait un peu triste ; c'était en pensant à ses chers enfants qu'il allait laisser seuls sur la terre ; mais, dès qu'il voyait son Augustin, il se rassurait, sachant bien que son fils chéri prendrait soin de ses deux autres enfants. Très-souvent il restait seul avec son épouse qui le tenait dans ses bras délicats, pressant sa tête sur son sein. Ils s'entretenaient tous deux de leur vie passée, de leur mutuelle affection, de leurs dernières souffrances et aussi du bonheur du ciel qu'ils entrevoyaient déjà. Ils priaient Dieu de les unir dans la mort comme il les avait unis dans la vie. Leur prière fut agréée. Dieu leur fit connaître intérieurement que leur mort se suivrait de près. Qu'ils étaient heureux à cette douce pensée !

Augustin remarquait ces entretiens intimes sans pouvoir en comprendre le motif. Chaque fois que ses parents avaient passé ainsi plusieurs heures, il voyait avec étonnement que son père allait mieux, que sa mère était joyeuse, et que tous deux laissaient échapper des paroles, non de tristesse mais de bonheur. Augustin connaissait toute l'immensité de l'amour qui unissait ses parents, et il attribuait à cette affection la merveille que chacun ne pouvait se lasser d'admirer.

Comme il était toujours auprès du malade, il suivait tous les progrès du mal. Il s'aperçut que son père n'avait plus que quelques jours à passer au milieu des siens. Aussitôt il se rend dans un village éloigné où il savait la présence d'un prêtre qui s'y tenait caché, et le ramène avec lui, le priant d'assister son père dans ses derniers moments, et de célébrer dans la chambre du malade le saint Sacrifice de la messe. Le ministre de Dieu fut présenté au comte qui l'accueillit avec bonheur. « Je ne mourrai donc pas, dit-il, sans recevoir le bon Dieu dans mon cœur. » Il se confessa ainsi que madame de Valfleury, Augustin et un grand nombre des habitants du village. Le saint prêtre prépara à la mort le noble malade, et, le lendemain, la sainte Messe fut célébrée dans la chambre même du comte, qui reçut le premier le corps sacré de son Dieu. Tous les assistants s'approchèrent ensuite de la sainte table. Ils n'avaient pas goûté ce bonheur depuis si longtemps ! car aux jours du combat ils en avaient tous été privés. Augustin resta pendant plusieurs heures en extase. Le bonheur que lui procurait la présence de Dieu dans son âme lui fit tout oublier. Il pria longtemps pour son père et pour sa mère.

Le soir même de cette touchante cérémonie, M. de Valfleury, sentant qu'il était à sa dernière heure, dit à son fils : « Mon cher Augustin, je vais bientôt quitter la terre et vous laisser ici-bas pour être le soutien de ceux que j'ai tant aimés. Je n'ai rien négligé pour vous élever dans les principes de la foi, et vous avez toujours répondu aux soins que je vous ai donnés. Votre mère aura besoin de vos consolations. Bientôt elle me suivra dans la tombe pour me rejoindre auprès de Dieu. Veillez sur ses derniers moments. Oui, mon fils, vous allez faire deux grandes pertes, mais que votre âme ne manque pas de courage. Ne soyez pas égoïste en voulant retenir votre mère ; nous avons été unis sur la terre, nous ne devons pas être séparés à l'heure suprême. La mort a pour moi quelque chose de consolant, quand je pense que ma tendre épouse, votre mère bien-aimée, ne sera pas éloignée de celui pour lequel elle a souffert dans sa jeunesse et qu'elle a toujours aimé par dessus tout. Je ne crains rien pour l'avenir de mes enfants, puisque vous me remplacerez auprès d'eux et que vous serez leur père. Vous les élèverez chrétiennement, et quand, après bien des souffrances, bien des sacrifices, Dieu vous fera la grâce de monter à l'autel, vous consacrerez votre vie au salut de votre prochain, et vous vous souviendrez toujours que votre père et votre mère veilleront sur vous du haut du ciel, où ils vous attendront. »

Après ces paroles, M. de Valfleury donna à son fils sa bénédiction ; il embrassa aussi avec amour ses deux autres enfants, qu'il bénit également. Il pardonna à son frère Edouard, et pria Dieu d'oublier ses crimes et de lui faire miséricorde. Bientôt il perdit l'usage de la parole, et rendit le dernier soupir dans les bras de sa chère Eugénie et de son fils bien-aimé. Qu'elle est douce la mort du juste ! que celle du comte eut de charme ! Il quitta la terre dans les bras de sa bien-aimée, de sa vertueuse épouse, qu'il recevra bientôt dans les siens au séjour de la gloire éternelle.

La consternation fut grande dans le village. La comtesse était inconsolable, et la pensée de rejoindre bientôt son époux put seule la soutenir. Quant à Augustin, il avait accepté le sacrifice que lui imposait la Providence. Devenu le chef de la famille, il devait, dans ce cruel moment, ne laisser paraître aucune défaillance.

Le prêtre dont nous avons parlé rendit les derniers devoirs au comte de Valfleury. Tous les habitants du pays vinrent aussi honorer la mémoire de leur bienfaiteur, et répandirent des larmes bien sincères sur sa tombe.

La famille en deuil se retira dans la solitude pour donner

tout son temps à la douleur. Augustin, avec une âme si fortement trempée, consolait à la fois sa mère, son frère et sa jeune sœur. Lui qui avait tant besoin d'être consolé, il s'oubliait pour ne penser qu'aux autres.

Un mois s'écoula dans la douleur. Augustin, tout à sa bonne mère, s'entretenait avec elle des choses du ciel. Elle lui parla longuement de sa mort prochaine. En effet, elle fut atteinte de la maladie qui avait emporté son époux, et on la vit en peu de temps arriver aux portes du tombeau. Sa mort n'eut rien de triste. Elle avait toujours été si pieuse, si pure, si détachée des biens de la terre ; elle avait tant aimé son époux qu'elle vit venir avec bonheur le jour qui la rendait à son Dieu et à son bien-aimé.

Avant de mourir, elle embrassa tendrement ses enfants et recommanda à Augustin de veiller sur son frère et sa sœur. « Ayez bien soin de ma petite Angèle ; comme vous, elle est consacrée à Dieu ; sa vie est réservée au Seigneur ; ne la quittez qu'au moment où elle ira se réunir aux vierges saintes pour glorifier Dieu dans la retraite. Que votre frère soit l'objet de vos soins les plus assidus ; donnez-lui une éducation forte et chrétienne ; parlez-lui souvent de son père afin qu'il reproduise ses vertus. Et vous, mon cher Augustin, vous mon premier-né, vous que j'ai tenu avec tant d'amour lorsque vous êtes sorti de mon sein, vous avez été en tout temps la consolation de votre père, vous n'avez cessé de remplir mon cœur de délices depuis que je vous ai donné le jour. Accomplissez sur la terre l'œuvre de Dieu pendant toute votre vie, et vous viendrez nous rejoindre là-haut. Votre père vous a convié à ce bonheur, et moi je vais vous y attendre.

Augustin ne put en entendre davantage, il se précipita sur sa mère, et la tint longtemps embrassée avec amour. Elle avait doucement rendu son âme à Dieu dans ce dernier baiser de son fils. Heureuse mère! elle s'est endormie dans les bras de son enfant chéri, pour se réveiller dans ceux de son époux

.

TROISIÈME PARTIE

APRÈS

I

DÉVOUEMENT

La mort de madame de Valfleury causa une vive douleur dans tout le pays. Sa vertu, sa piété tendre, son affabilité, en un mot, sa charité bienfaisante l'avait rendue bien chère à toutes les familles. Les femmes et les jeunes filles regrettèrent en elle une seconde mère. N'était-ce pas elle qui les consolait dans leurs peines, qui les encourageait dans leurs souffrances, et qui dans des affaires difficiles savait leur donner l'appui de ses conseils? La double perte de M. et de madame de Valfleury fut irréparable pour ce pays demeuré fidèle à Dieu pendant toute la durée de la période révolutionnaire, pendant ces temps d'impiété.

Mais qui dira la douleur concentrée alors dans le cœur d'Augustin. Il perd presque subitement son bon père, son maître, son ami qui avait pris soin de l'élever chrétiennement, et qui avait sacrifié sa propre gloire en ce monde pour ne s'occuper que de lui. La douleur du pieux jeune homme fut bien grande à la mort de son père, mais il lui restait un soutien. Il avait encore sa mère, pour l'aimer ici-bas et le guider dans le chemin de la vertu où il n'avait fait que quelques pas.

Quand cette tendre mère eut à son tour rendu le dernier soupir, et qu'elle fut allée rejoindre son saint époux au séjour du bonheur éternel, Augustin demeura longtemps comme privé de l'usage de la raison. Il posa sa tête sur la poitrine inanimée de sa mère, l'arrosant de ses larmes. Ses amis, craignant que cette douleur extrême n'eût des suites fâcheuses pour sa santé, l'arrachèrent du lit où reposaient les restes de la comtesse, et lui adressèrent des paroles de consolation. Les sentiments de la foi prirent bientôt le dessus en lui : « Mon Dieu, s'écria-t-il, pardonnez à ma faiblesse ; j'ai perdu le seul bien qui me restait au monde ; mais ma mère a quitté cette terre où elle n'aurait pu vivre heureuse sans mon père. Elle jouit du vrai bonheur dans votre sein, en compagnie de son époux. Elle est heureuse ; que cela me suffise. Pourquoi me suis-je abandonné à une si grande douleur ? N'ai-je pas à consoler mon frère et ma sœur ; ne dois-je pas, dans le malheur, leur montrer plus de fermeté et de courage ? Mon Dieu, pardonnez-moi. » Et alors il se rendit auprès de son jeune frère et de sa sœur, que le brave M., chez lequel Augustin s'était trouvé à l'époque de la première perquisition, gardait dans sa maison, la comtesse ayant rendu sa belle âme à Dieu dans la chaumière d'Isidore. Il les embrassa tendrement. « Nous n'avons plus de mère, leur dit-il ; le bon Dieu a voulu qu'elle allât se réunir dans le ciel à notre bon père. Ne pleurons plus, car s'ils nous ont laissés seuls sur la terre, ils veilleront sur nous du haut du ciel. Je suis plus âgé que vous ; c'est à moi de vous conduire et de vous diriger. Aimons-nous toujours bien, et nos chers parents qui nous contemplent en seront en quelque sorte plus heureux. Notre séparation n'aura qu'un temps, et un jour viendra où nos parents nous introduiront eux-mêmes dans la céleste patrie. Les trois orphelins, pleurant et sanglotant, se tenaient embrassés. Ceux qui étaient présents à cette scène indescriptible ne purent retenir l'émotion qui les gagnait, et mêlèrent leurs larmes à celles des pauvres enfants.

Le bon prêtre qui avait assisté M. et Madame de Valfleury à leurs derniers moments, rendit aussi à la comtesse le suprême devoir. Comme elle l'avait désiré, sa dépouille mortelle fut placée à côté de celle de son époux, et ils reposèrent en paix dans le même tombeau.

A partir de ce jour, Augustin remplit à l'égard de son frère et de sa sœur les fonctions de chef de famille. Il se mit résolument à l'œuvre, n'ignorant pas que, privé de fortune, il ne devait compter que sur lui-même et sur son travail, la petite propriété, l'unique bien qui restât aux orphelins, ne pouvant suffire à tous les besoins.

Il lui était encore impossible de prendre une détermination dans l'état où se trouvait la France. Bien que le règne du sang et de la Terreur eut cessé, le calme était loin d'être entièrement rétabli. Les rênes de l'Etat étaient entre les mains des factieux, et la désorganisation la plus complète se faisait partout remarquer. Incertain de l'avenir et ne sachant à quel parti il devait se déterminer, Augustin résolut d'attendre, à Valfleury, que le gouvernement offrît quelque stabilité, et quelques garanties d'ordre et de sécurité. Il n'aurait, du reste, pu quitter sitôt un pays où reposaient les cendres de ses parents. Tous les matins, il conduisait sur leur tombeau Emile et la petite Angèle, et là tous trois, agenouillés et les mains jointes, ils priaient pour les auteurs de leurs jours. Cette promenade était pour eux une bien grande consolation.

Les habitants n'auraient pu se passer encore d'Augustin, et n'auraient jamais consenti à laisser partir les enfants de leur seigneur. Tous, leur avaient offert généreusement l'hospitalité, mais ils demeurèrent dans la maison d'Isidore où leurs parents les avaient quittés. Chaque jour, on leur apportait soit du laitage, soit différentes choses nécessaires à leur nourriture. Si une famille était en fête, on ne manquait jamais de porter aux orphelins leur part du festin.

On était au mois de novembre 1794, Augustin venait d'avoir vingt-deux ans. Tous les jeunes gens de son âge étaient aux armées pour défendre le sol de la patrie, mais en sa qualité de frère aîné d'orphelins, il était libre de tout service militaire. Il demeura encore deux ans à Valfleury, uniquement occupé à l'instruction de ses enfants d'adoption. Emile avait environ dix-sept ans, et sa sœur onze. Le temps était partagé entre l'étude, l'instruction religieuse, la promenade au cimetière ou dans les bois voisins. Le soir, on allait rendre quelques visites dans les chaumières. Augustin qui, si souvent au temps de l'opulence, avait pénétré dans ces humbles demeures où il portait toujours avec des paroles de paix et de consolation, quelques petites provisions de bouche, était reçu partout, maintenant qu'il était pauvre, avec une affection bien sincère. On aimait à voir les orphelins, à les distraire, et à les consoler.

Notre héros fit pour l'éducation d'Emile et d'Angèle un sacrifice de tous les instants. Il ne put en effet pendant ce temps se livrer à ses propres études, et, de plus, il rencontra mille difficultés, son jeune frère étant naturellement paresseux. Peu porté à la piété, Emile cependant ne pouvait se dispenser de prier Dieu, et l'exemple d'Augustin et de sa sœur, qui étaient de véritables anges aux heures de la prière, ne laissait pas de produire une très-bonne impression sur son jeune cœur.

Le calme revenait peu à peu dans les esprits; les affaires semblaient reprendre quelque activité; les émigrés rentraient en grand nombre, et le Directoire avait succédé à la terrible Convention. Augustin jugea que le moment était venu de prendre une décision. Son séjour à Valfleury ne pouvait se prolonger davantage sans nuire à l'éducation de sa jeune famille. Il pensa qu'à Paris, il lui serait facile de trouver une position qui lui permît, en augmentant ses ressources, de s'occuper en même temps de son jeune frère et de sa sœur. Depuis longtemps déjà, il parlait aux villageois de quitter le pays, leur faisant valoir que ce serait pour son plus grand avantage, et les habituait ainsi à la pensée de la séparation; néanmoins, il hésitait encore. Il craignait de se trouver seul au milieu de la grande cité, sans emploi et sans ressources. Aussi voulut-il, avant de partir, s'assurer auprès de quelques amis de son père, d'une position assez avantageuse.

Il allait se mettre en devoir de correspondre avec quelques personnes de mérite qui avaient survécu aux massacres de la Terreur, lorsqu'il reçut une lettre de M. P., un des amis du comte de Valfleury; elle était ainsi conçue: « Mon cher Augustin, j'ai appris par L., membre de l'association des amis de la religion, les malheurs qui vous ont frappé successivement. La perte de de vos biens n'est rien en comparaison de celle de votre estimable père, de celui qui fut mon meilleur ami, de celle de votre pieuse et sainte mère, le modèle des épouses et des mères de famille. Laissez-moi vous apporter ma part de consolation, et répandre avec vous des larmes de douleur sur la tombe de vos parents bien-aimés. Ne pleurez plus, mon enfant, ceux que vous avez perdus ne vous ont pas quitté pour toujours; ils vivent en compagnie des saints dans la splendeur de Dieu où ils

vous attendent. Quant à moi, je veux être à votre égard ce que
j'ai toujours été pour votre bon père ; vous serez mon ami.
Je connais depuis longtemps les brillantes qualités de votre
esprit, et surtout celle de votre cœur. L'éducation paternelle,
et les épreuves auxquelles vous avez été soumis ont fait de vous
un homme avant le temps. Vous n'avez jamais connu les écarts
des jeunes gens de votre âge ; vous n'avez pas abandonné votre
cœur aux séductions de la jeunesse. Bien plus, dépouillé de la
fortune de vos aïeux, et tombé dans la pauvreté, vous avez
entrepris une noble tâche ; vous n'avez pas redouté les sacrifices
qu'exige votre situation. Vous voilà pauvre, dénué de tout, et
cependant vous avez résolu d'élever votre frère et votre jeune
sœur. Noble jeune homme, vous trouverez en moi un auxi-
liaire, et pour vous mettre à même d'arriver plus facilement
à votre but, je vous prie de venir à Paris où je vous confierai
l'éducation et l'instruction de mes deux fils. Ne vous faites pas
attendre ; vous serez le bienvenu dans ma demeure, et souvenez-
vous que celui qui vous accueille porte écrit dans son cœur le
nom bénit de votre père. »

Augustin, après la lecture de cette lettre, éprouva un bien être
auquel il n'était pas accoutumé. Depuis la mort de ses parents
la tristesse avait pris chez lui la place de la joie. Il n'avait plus
de craintes ; son frère et sa sœur désormais ne manqueraient
de rien. Non-seulement il allait avoir un gagne pain, une position, mais il possèderait encore un ami dont les conseils lui
seraient d'un si grand secours pour l'accomplissement de son
œuvre. Il fit part de cette bonne nouvelle à Isidore, qui l'apprit
avec joie et aussi avec douleur ; car il regardait cette séparation
comme un grand malheur pour lui. Mais avec un calme et une
résignations digne des vrais chrétiens, des hommes de foi, il ne
vit plus dans cette nouvelle position de son jeune maître, que

le bien des orphelins, et aida son bienfaiteur à préparer son départ, qui devait avoir lieu dans quelques jours.

Augustin garda le plus grand silence sur ce qu'il allait faire afin de ne pas attrister trop à l'avance les bons habitants de Valfleury, et voulut ne leur apprendre la nouvelle qu'au moment même du départ. La vieille Gabrielle, qui était attachée depuis tant d'années à la famille de Valfleury, n'abandonna pas ses enfants chéris, et partit avec eux pour les servir dans la pauvreté comme elle l'avait fait aux jours de l'opulence.

La veille du jour où les orphelins devaient quitter le pays, Augustin tenant par la main son frère et la petite Angèle, alla dans chaque famille faire ses adieux. Une nouvelle si subite causa une véritable révolution dans le village. Personne ne croyait à une pareille détermination. Mais Augustin leur fit comprendre que cette séparation était nécessaire et qu'il ne pouvait se dispenser de profiter des avantages qui lui étaient offerts, et que d'ailleurs il n'avait rien tant à cœur que l'accomplissement de la volonté de Dieu. Il fallut se résigner. Le lendemain, dès l'aube du jour, les trois orphelins allèrent s'agenouiller sur la tombe où reposaient ensemble le comte et la comtesse. Leurs cœurs se gonflèrent, car ils allaient s'éloigner d'un lieu à la fois si cher et si consolant. Ils prièrent longtemps, demandant à Dieu, par l'intermédiaire de leurs parents, de veiller sur eux au milieu de la grande ville si pervertie.

Ce pieux pèlerinage étant achevé, ils montèrent en voiture. Isidore les accompagna, laissant sa famille désolée. Tous les villageois, hommes, femmes, vieillards, enfants, tous s'étaient donné rendez-vous pour exprimer aux enfants malheureux de leur seigneur, toute leur affection et toute la peine que leur départ précipité laissait dans leurs cœurs. Je passerai sous silence cette scène de douleur. Que de larmes furent répandues! que de cris déchirants! Notre vertueux jeune

homme consolant ses amis, leur dit que la séparation ne dure-
rait pas toujours, qu'une fois son œuvre accomplie, il revien-
drait parmi eux pour leur servir peut-être de pasteur, et leur
promit de leur donner souvent de ses nouvelles, et de les mettre au courant de ce qu'il ferait dans la capitale. Il les pria
avec instance de ne pas négliger la tombe de ses parents, mais
d'avoir soin d'y entretenir toujours quelques fleurs, et leur
recommanda d'aller y prier souvent pour les orphelins.

On se mit en marche, et les nobles enfants ne tardèrent pas
à disparaître aux yeux de la foule attendrie. Isidore, qui les
avait accompagnés jusqu'au soir, dut à son tour les quitter, mais
ce ne fut pas sans répandre bien des larmes.

Huit jours après, Augustin était à Paris. Il se rendit avec
sa famille auprès de M. P., qui leur fit l'accueil le plus affec-
tueux, et l'installa dans ses nouvelles fonctions. On convint des
conditions dans lesquelles le jeune instituteur allait se trouver.
Ses deux élèves étaient encore bien jeunes. L'un avait treize
ans et l'autre onze. Augustin se chargea de leur instruction
complète, ce qui exigeait au moins six années de travail. C'était
à peu près ce qu'il lui fallait de temps pour achever l'éducation de sa sœur. A cette condition, M. P. s'engagea à lui donner
trois mille livres par an. Le précepteur eut un appartement
dans la maison.

L'installation fut bientôt faite. L'instituteur passait deux
heures le matin auprès de ses élèves, et trois heures le soir.
Ce temps était consacré presqu'en entier à leur instruction.
Cependant Augustin avait soin de se ménager tous les jours au
moins une heure pour l'étude de la religion. Instruit par
M. P. et sa vertueuse épouse des petits défauts de ses élèves,
et de leur conduite journalière, il leur adressait avec la plus
grande douceur quelques réprimandes, afin de changer leur
caractère et de les former à la vertu. Il sut par sa bonté et

son affabilité gagner non seulement leur estime, mais encore leur affection, M. et madame P., qui avaient conçu depuis long-temps une si haute estime du fils du comte de Valfleury, voyant que ses vertus et ses capacités étaient bien au-dessus de l'idée qu'ils s'en étaient formée, rendirent grâces à Dieu d'avoir donné un tel maître à leurs enfants. Sa patience et sa résignation dans le malheur, le courage avec lequel il accomplissait sa lourde tâche, le zèle qu'il déployait pour la bonne éducation de son frère et de sa jeune sœur, et pour celles de ses élèves, étaient pour eux un sujet continuel d'admiration. Aussi formèrent-ils dès-lors un projet qu'ils tentèrent de mettre à exécution.

Notre héros occupait comme nous l'avons dit, dans la maison de son bienfaiteur, un appartement avec son frère et la petite Angèle. La bonne Gabrielle s'occupait du soin du ménage, et préparait les frugals repas de ses enfants. Le dévouement de cette femme fut au-dessus de tout éloge, et il suffit de dire qu'elle tint lieu de mère aux orphelins.

Augustin se levait de très-bonne heure, et récitait la prière, après laquelle il faisait quelques instants de méditation; puis il donnait à Emile une leçon de philosophie, et lui indiquait son travail pour la journée. Venait ensuite la leçon d'Angèle, qui apportait à l'étude la plus grande application. Ses succès étaient rapides. On déjeunait ensuite, et Augustin se rendait chez M. P. auprès de ses élèves. Vers midi, la famille solitaire prenait son repas, et après une heure de récréation passée dans le jardin, le précepteur s'occupait pendant trois heures encore des enfants de M. P. Emile et Angèle travaillait pendant ce temps aux devoirs donnés le matin par leur frère, et ils y mettaient tant d'ardeur et de bonne volonté qu'Augustin n'eut jamais à se plaindre d'eux. Il rentrait dans son cabinet et pendant plusieurs heures' il était tout à la disposition des deux êtres chéris, son seul bien en ce monde. Le soir on faisait une promenade dans les jardins publics; Gabrielle accompagnait toujours ses enfants.

Une fois par semaine, Augustin conduisait sa famille et ses élèves à la promenade. Pendant que les deux fils de M. P. jouaient avec la petite Angèle, Emile conversait avec son frère. Docile aux enseignements d'Augustin, il paraissait devoir être un jour un homme sérieux et utile. Cependant Augustin, connaissant à fond le caractère un peu faible de son frère, ne négligeait rien pour lui donner plus de fermeté; il le prévenait qu'il eût à se défier des gens du siècle, et qu'il eût à ne se laisser jamais corrompre par les mauvaises compagnies, lorsque, dans quelques années, il serait obligé de vivre au milieu du monde.

Tous les dimanches, comme les églises étaient fermées et qu'on ne pouvait assister aux saints offices, après avoir entendu une messe basse qui se disait dans l'oratoire de M. P., par un saint prêtre retiré dans le voisinage, la famille P., accompagnée de celle d'Augustin, se rendait à la campagne, dans les environs de Paris. Pendant que les enfants se délassaient par le jeu des fatigues de la journée, Augustin s'entretenait avec M. et madame P. et leur jeune demoiselle. On parlait de Dieu, de la religion méprisée et de tous les évènements qui avaient signalé la tyrannie de Robespierre. On se laissait aller à l'espérance de voir bientôt les temples se rouvrir, et le Dieu de tout amour descendre dans les tabernacles profanés. Souvent M. P. parlait de son ami, le vertueux père d'Augustin, et madame P., de la pieuse Eugénie. Tous trouvaient un grand charme dans ces sortes de conversations. On rentrait le soir bien fatigué, pour reprendre lendemain les travaux ordinaires

C'est ainsi que notre héros coulait ses jours dans des sacrifices continuels et sans nombre, épuisant sa santé pour son
frère et sa sœur, le seul héritage que lui avait légué ses parents.

II

TENTATION

Il y avait deux ans qu'Augustin remplissait sa difficile mission avec autant de courage que de talent, lorsqu'un évènement qu'il redoutait, vint de nouveau jeter la tristesse dans son cœur. Son frère pour lequel il s'était dévoué après la mort de ses parents, appelé par son âge à défendre la patrie, n'avait plus que quelques jours à passer avec lui. Le départ d'Emile était sans doute un grand sujet de peine pour Augustin ; mais ce qui le tourmentait bien davantage, c'était de voir son frère exposé à une mort sans cesse imminente, et surtout de penser qu'il n'aurait aucun bon exemple qui pût le guider dans la voie du bien, et qu'au milieu des camps, il pourrait abandonner les bons principes dans lesquels il avait été élevé. En tout temps il règne dans la milice une licence effrénée; la débauche y est en honneur. Mais en ces jours de guerre et de révolution, alors que Dieu a été partout détrôné, le métier militaire était devenu une école de libre pensée et de libertinage. Voilà précisément ce qui navrait le cœur d'Augustin. Que deviendra mon frère, se disait-il, parmi ces gens sans mœurs, qui s'abandonnent de gaîté de cœur à tous les mouvements déréglés de leur nature? Il ne cessa, dès ce jour, de prier Dieu pour qu'il daignât conserver dans l'âme de son frère le précieux dépôt de la foi. Au moment où le jeune homme allait rejoindre son corps, qui faisait partie de l'armée du général Bonaparte, Augustin, le prenant par la main, lui adressa ces nobles paroles : « Mon frère, Dieu, en vous appelant à la vie des camps, veut nous éprouver encore par une longue séparation. Combien de temps durera votre absence? Nul ne le sait. Souvenez-vous de nos chers parents, de leur foi vive, de leurs vertus. N'oubliez jamais les principes que mon père et moi avons développés en vous. Soyez fidèle à Dieu, et il vous protégera. N'ajoutez pas foi aux discours de ceux qui vous entoureront, et livrez un combat continuel aux passions qui assailleront votre jeunesse. Priez souvent dans le secret de votre âme; c'est le seul moyen de persévérer dans le bien et de garder votre vertu. Ecrivez-moi aussi souvent que vous le pourrez; ouvrez-moi votre cœur, et faites-moi connaître les combats que vous aurez à soutenir contre l'esprit du mal. »

Après ces courtes paroles qui renfermaient tout, Emile se sépara, en proie à la plus profonde douleur, de sa famille éplorée. Augustin lui donna une somme d'environ trois cents livres; c'était tout ce qu'il possédait et, en lui disant adieu, il lui promit de prier tous les jours pour lui et pour sa conservation.

Pendant longtemps notre héros resta triste et silencieux.

Cette nouvelle plaie faite à son pauvre cœur se fermait diffici-
lement. Chaque fois qu'Emile lui écrivait, et c'était souvent, il
se sentait consolé, car toutes les lettres qu'il recevait, étaient
empreintes d'une foi ardente et d'une tendre piété. Augustin
eût tout sacrifié pour que son frère ne perdît pas la foi. Il était
donc heureux de savoir Emile toujours bon, toujours prêt à
remplir ses devoirs de chrétien.

M. P., qui avait pour Augustin l'affection d'un père, chercha,
par tous les moyens, à le consoler et à l'encourager. J'ai dit
plus haut, qu'il avait conçu, de concert avec son épouse, un projet qu'il mettrait plus tard à exécution. Il était sur le point d'en
faire part à l'instituteur de ses enfants, lorsque le départ
d'Emile l'engagea à attendre encore, estimant qu'Augustin,
plongé dans la douleur, serait peu disposé à l'écouter. Il attendit donc avant de parler ; mais pendant ce temps il prépara les
voies de sorte qu'il n'eût plus qu'à exposer son plan pour le
voir adopté par Augustin. Ce plan, ce projet était l'union de sa
fille, mademoiselle Berthe, avec notre héros. M. P., n'avait
en vue dans ce mariage que le plus grand intérêt des deux jeunes gens. Il se souciait peu de la fortune ; il savait qu'un sang
noble et généreux coulait dans les veines du jeune homme, que
son père avait fait le bien sur la terre, qu'il avait perdu sa fortune par la rapacité des méchants, et qu'Augustin possédait
des talents réels et des vertus solides. Il avait donc vu dans
cette union une bonne acquisition pour sa famille. N'ignorant
pas le goût prononcé d'Augustin pour l'état ecclésiastique, but
vers lequel il aspirait, et résolu pour cela à conduire toute cette
affaire avec prudence, pensant d'ailleurs que les évènements
suffiraient pour démontrer au jeune homme qu'il ne pourrait
facilement réaliser l'objet de ses vœux, il pria Dieu de tout disposer pour que ce mariage pût se célébrer ; et afin de laisser à

l'affection le temps de se développer d'elle-même, il invita très-fréquemment le précepteur à sa table avec sa jeune sœur sans laquelle il ne sortait jamais. M. P. avait soin de le placer toujours auprès de sa fille, afin que pendant le repas ils pussent causer ensemble. Il espérait, par ce moyen, faire naître dans leurs cœurs une affection mutuelle qui ne manquerait pas de le conduire au but qu'il se proposait d'atteindre.

Notre héros, qui était bien loin de soupçonner le stratagème employé pour dérober à son cœur une affection qu'il était décidé à donner à Dieu seul, avait bien remarqué que depuis quelque temps, mademoiselle Berthe, dont la haute vertu lui était si connue, éprouvait un trouble extraordinaire quand elle lui parlait, que la rougeur lui montait au visage, et faisait bientôt place à une pâleur extrême, que ses paroles étaient entrecoupées ; mais il attribuait tout cela à la modestie, à la pudeur d'une jeune fille vertueuse en présence d'un jeune homme. Quant à lui, bien qu'il eût une estime singulière pour cette jeune demoiselle, il ne ressentait encore en lui aucun trouble, aucune impression ; il ne pensait qu'à sa consécration à Dieu ; aussi son cœur ne s'ouvrit-il pas si vite à l'affection désirée par M. P. Berthe, malgré l'émotion qui la gagnait, aimait à entretenir l'instituteur de ses frères, elle éprouvait un charme singulier à l'entendre, et saisissait avec empressement toutes les occasions qui se présentaient de se trouver avec lui. Ces occasions n'étaient pas rares, car M. et madame P. les multipliaient. Pas un jour ne se passait sans que les jeunes gens ne se vissent plusieurs fois. Il en résulta une sorte de familiarité que le respect qu'ils s'inspiraient mutuellement, rendait encore plus aimable. Berthe, cependant, ne pouvait pas dire qu'elle aimait Augustin, et le jeune homme ne se défiait aucunement d'elle, tant il la croyait vertueuse. Néanmoins, redoutant toujours la faiblesse humaine, il priait Dieu de ne pas le juger indigne du sacerdoce auquel il semblait l'appeler depuis son enfance. ...

M. P., sans paraître observer les mouvements, gestes et paroles des jeunes gens, y prêtait cependant la plus grande attention ; il se réjouit quand il découvrit ce qui se passait dans le cœur de sa fille. Ce commencement d'amour avait mis bien du temps avant de se déclarer; mais ce faible résultat lui fit espérer pour l'avenir un plein succès.

Dans un entretien qu'il eut avec madame P., qui avait remarqué aussi bien que lui le penchant de leur demoiselle : « Réjouissons-nous, lui dit-il, car le bon Dieu commence à exaucer nos prières. Berthe éprouve je ne sais quel trouble, quel enchantement précurseur de l'amour. Sans doute, elle sait que son cœur bat bien fort quand elle est auprès d'Augustin ; mais elle ne croit pas que ce soit encore de l'affection. Elle nous aurait déjà consultés ; elle a trop de vertu pour nous cacher un amour qui la consumerait. Il me semble qu'il serait prudent de laisser au temps et à Dieu le soin de cette importante affaire, et de continuer à agir comme précédemment : Nous arriverons ainsi plus facilement à notre but. » Madame P. approuva cette ligne de conduite, et il fut convenu qu'on ne dirait rien, tant que le moment ne serait pas venu, c'est-à-dire, tant que les jeunes gens ne laisseraient pas paraître une affection réciproque.

Augustin qui, pendant la première année d'absence de son frère, avait reçu de lui des lettres fréquentes, n'en avait plus qu'à de rares intervalles. Elles étaient courtes, et ne contenaient que quelques détails sur les opérations de l'armée de Bonaparte, et sur son avancement qui était très-rapide, puisqu'il avait obtenu déjà le grade de sous-officier. Emile ne parlait plus de Dieu. Le pauvre Augustin comprit qu'un changement s'était opéré dans l'âme de son frère ; il lui écrivit plusieurs lettres très-affectueuses, lui demandant des détails sur sa manière de vivre, et sur l'accomplissement de ses devoirs envers Dieu. Mais Emile ne répondait à aucune de ces questions, et se bornait toujours à dire que sa santé était excellente et qu'elle ne souffrait en aucune façon des rigueurs de la campagne. Il parlait longuement de l'avenir brillant qui l'attendant dans la carrière des armes, et disait qu'il espérait bientôt recevoir l'épaulette de sous-lieutenant.

Il ne fut plus possible à Augustin de douter de la conduite de son malheureux frère. Son existence en fut comme empoisonnée. Mais il trouva encore quelque consolation dans le dévouement de la bonne Gabrielle, et dans les vertus de son angélique sœur. Cette douce enfant aimait tendrement son frère, et lui répétait maintes fois qu'elle ne le quitterait que pour se consacrer à Dieu dans une communauté de vierges. Ces bonnes dispositions étaient pour le jeune homme une source de consolations, et il n'appelait plus sa sœur que son petit ange. Tout entier à son éducation, il la préparait au saint état dans lequel elle devait passer sa vie.

Le précepteur était déjà depuis quatre ans auprès de ses élèves, qui avançaient rapidement dans l'étude. Il devait s'écouler encore deux années avant l'expiration de son engagement. M. P. espérait que pendant cet espace de temps, tout irait au gré de ses désirs, et que le mariage si désiré par lui aurait lieu. Les relations étaient à peu près les mêmes ; mais on entrevoyait chez les deux jeunes gens une inclination qui les poussait à converser plus souvent ensemble. Augustin, depuis quelques mois, éprouvait un charme secret quand il entretenait la sœur de ses élèves ; mais redoutant quelque tentation de l'esprit du mal, il faisait comme saint Paul, macérant sa chair et la réduisant en servitude par le jeûne, les veilles et la prière. Dieu permit néanmoins, pour la plus grande gloire de son servi-

teur qu'il fût exposé à la tentation. Le démon déploya toutes
ruses comme autrefois à l'égard du saint homme Job, afin de
faire tomber cette âme délite et l'empêcher d'arriver au sacerdoce. Mettant à profit les dispositions de M. P., il saura
persuader aux deux jeunes gens que Dieu veut unir leurs destinées, et que la vocation d'Augustin à la prêtrise n'avait été que
l'effet d'une imagination jeune et exaltée. Nous verrons, par la
suite de son récit, comment il faillit réussir dans son entreprise;
Mais Dieu soutint son serviteur, qui sortit de cette cruelle
épreuve, plus fort que jamais, avec une connaissance plus ap-
profondie du cœur humain. Lui qui était destiné à guérir les
plaies dans les cœurs des autres, pourra en comprendre toutes
les misères, toutes les douleurs, car lui aussi aura su ce que
c'est que l'amour, il en aura ressenti le terrible aiguillon.

On était au mois de mars 1801. M. P. donna un repas
auquel il invita plusieurs de ses amis, tous hommes de foi
qui attendaient comme lui le rétablissement de la religion,
espérant que le consul Bonaparte rouvrirait les temples de
Dieu. Augustin, comme de coutume, eut sa place auprès de
mademoiselle Berthe. Au lieu de passer la soirée au salon, on
resta dans la salle du repas, chaque convive s'entretenant avec
ses voisins. La jeune fille avaient conversé timidement avec Augustin, dont chaque parole avait pénétré jusqu'au fond de son
âme. Le jeune homme fit tomber la conversation sur des sujets
qui lui étaient bien chers ; il parla longuement de la vanité des
choses de la terre, montrant jusqu'à l'évidence le néant des
richesses : « Voyez, disait-il à Berthe, dans quelle position je
me trouve aujourd'hui. Mes ancêtres possédaient d'immenses
richesses ; mon père pouvait à peine compter ses revenus,
et maintenant je suis pauvre et dénué de tout. Mais jamais n'est
pauvre celui qui possède Dieu, la richesse infinie, la seule véritable lui appartient. » La jeune fille le pria de lui raconter

l'histoire de ses malheurs ; tout ce qui le touchait lui était si agréable ! Augustin y consentit et lui fit le récit de son existence, de sa jeunesse, de l'éducation qu'il avait reçue de son père, il n'oublia rien de tout ce que connaît le lecteur. Quand il arriva aux scènes des mauvais jours de la révolution, Berthe, en apprenant les dangers qu'il avait courus, ne sut pas retenir les soupirs qui s'échappaient si naturellement de sa poitrine. Son visage s'était enflammé, sa beauté devint plus resplendissante que jamais ; ses regards si doux, si chastes étaient fixés sur le jeune homme qui la regardant, se sentit tout à coup frappé au cœur. Ses regards avaient rencontré ceux de la jeune fille ; ils s'étaient parlé, et s'étaient compris. C'en est fait, Augustin, malgré ses efforts, malgré sa prudence, était vaincu. L'amour venait de naître dans son cœur.

Quand il rentra dans sa chambre, il se prosterna au pied de la croix et pleura amèrement : « Mon Dieu, s'écria-t-il, faites-moi connaître votre volonté. M'appelez-vous au sacerdoce, ou voulez-vous me retenir au milieu du monde ? Cette affection que je ressens n'est-elle pas une preuve que vous ne me destinez pas à la vie religieuse. Je vous en supplie, ne me laissez pas dans ce doute affreux ; éclairez-moi. »

Pour la première fois, il doutait de sa vocation. Cette incertitude allait le plonger pendant près de deux ans dans la plus cruelle perplexité, penchant tantôt d'un côté, tantôt de l'autre. Consumé par ce feu intérieur dont il brûla pour son amie, et dont il ne voulait parler dans la crainte qu'un seul mot ne l'attachât pour toujours au monde alors qu'il n'était pas assuré de la volonté de Dieu.

Berthe, après cet entretien, convaincue qu'elle aimait le fils du comte de Valfleury, déclara dès le lendemain à ses parents ce qui se passait en elle : « Depuis longtemps, leur dit-elle, j'éprouvais un trouble dont je ne me rendais pas compte quand je voyais Augustin. Lorsqu'il parlait, je ne pouvais retenir les battements de mon cœur. Je ne vous ai rien dit de tout cela parce que je ne croyais pas l'aimer. Maintenant je vous assure que l'amour est entré dans mon cœur, et je vous prie de faire mon bonheur en m'unissant à l'objet de mon affection. Il répond à mon amour ; son regard me l'a dit. » M. P. et son épouse, embrassant tendrement leur fille, la rassurèrent, lui persuadant que rien ne pouvait leur être plus agréable, et qu'ils feraient tout ce qui dépendrait d'eux pour engager Augustin à devenir son époux. « Usons de ménagements, lui dirent-ils, et travaillons tous trois de concert, afin de le gagner, et de le faire consentir à cette union. »

Quelle ne fut par la joie de Berthe lorsqu'elle sut que ses parents approuvaient son amour sans aucune restriction ! Son bonheur était grand. Il ne lui manquait plus que le consentement de celui pour lequel elle aurait donné sa vie.

Augustin, dans le doute où il vivait, le cœur rempli d'amour pour Berthe qui lui paraissait de jour en jour plus belle, plus aimable et plus vertueuse, ne connaissait plus le repos. Ses nuits se passaient sans sommeil, il faisait des rêves de bonheur dans une union sainte avec sa bien-aimée ; et à peine son esprit s'était-il abandonné à ces douces pensées, qu'il se reportait sur la vie sacerdotale, sur sa vocation, et alors il oubliait Berthe et son amour. Il souffrait plus qu'aux jours de la persécution et du malheur.

Plus d'une fois, il voulut fuir la maison de M. P. et se retirer au loin, pour éviter la vue de Berthe, et oublier son amie dans la solitude ; mais l'engagement pris avec son bienfaiteur le retenait toujours. Quand il se trouvait avec la jeune fille, il était heureux et ne pensait plus à fuir, et lorsqu'il fallait se retirer, les deux jeunes gens échangeaient un regard plein d'amour, et se pressaient fortement la main.

Souvent Augustin entrait dans le cabinet de M. P. afin de lui déclarer que son cœur brûlait pour sa fille. Il savait qu'il ne serait pas repoussé, car il lui avait entendu dire, dans bien des circonstances, qu'il serait heureux de donner à Berthe un époux tel que lui. Mais arrivé là, sa bouche restait fermée, tant il craignait de prendre un engagement avant de connaître pleinement la volonté de Dieu.

Il y avait plusieurs mois que la scène dont nous venons de parler avait eu lieu entre les deux jeunes gens, lorsque M. P. découvrit, en ces termes, sa pensée à Augustin : « Mon cher ami, j'ai conçu, depuis que vous vivez au milieu de nous, un projet que je ne veux plus vous laisser ignorer ; le temps est venu de tout vous dévoiler. Vos talents, et surtout vos vertus ont excité en moi une vive admiration, et j'ai résolu d'unir ma fille au fils du noble comte de Valfleury. Vous avez dû remarquer que j'ai toujours affecté, en toutes circonstances, de vous mettre en rapport avec Berthe. C'était pour faire naître en vos cœurs une affection mutuelle. J'ai gardé le silence jusqu'à ce jour, craignant que vous ne fussiez irrévocablement appelé à l'état ecclésiastique. Mais aujourd'hui, il est manifeste que Dieu ne vous destine pas à cette sublime carrière, et je suis persuadé qu'il vous a conduit ici dans ma famille pour que vous en deveniez un des membres. Berthe vous aime ; ne la laissez pas languir, mais rendez la heureuse ainsi que ses parents. »

Augustin, soutenu par l'esprit de Dieu, en ce moment qui aurait pu être décisif pour son avenir, se garda bien de faire à M. P. une réponse qui l'eût engagé. Il lui déclara que jusqu'à ces derniers temps, il avait été convaincu de sa vocation à la vie religieuse ; mais que son cœur n'avait pas été insensible à l'amour de Berthe, et qu'il ne pouvait encore prendre une décision à cet égard. Il pria son bienfaiteur de vouloir bien attendre

que Dieu eût manifesté sa volonté. On convint que rien ne serait décidé avant dix-huit mois, époque où il terminerait l'éducation de ses élèves, et que pendant ce laps de temps, il ne fré-
quenterait jamais Berthe sans témoins. Cet arrangement plut à
la famille et à Berthe surtout, qui, assurée de l'amour d'Augustin, fit vœu de ne jamais épouser un autre homme, quelle
que fût la volonté du ciel au sujet de la vocation de celui
qu'elle aimait.

Les deux jeunes gens vécurent dans une plus grande inti-
mité. Sachant qu'ils s'aimaient mutuellement, ils passaient des
heures bien douces dans d'intimes conversations, se promettant,
pour leur avenir, de n'écouter ni leur affection , ni la famille,
mais de se conformer en tout à la volonté du Très-Haut. Les
choses en restèrent à ce point. Cependant, Augustin prodiguait
à sa sœur tous les soins qu'elle eût été en droit d'attendre d'une
mère. Sa vie était celle d'une sainte qui soupirait après le moment où il lui serait donné de se consacrer à Dieu.

Elle avait dix-sept ans, et connaissait à fond la position de
son excellent frère, qui l'avait mise dans toutes ses confidences.
Elle relevait son courage, l'assurant que Dieu ne manquerait
pas de l'éclairer sur sa véritable vocation. « Soyez en paix,
mon frère, lui répétait-elle, le bon Dieu vous enverra un saint
prêtre qui vous conduira dans le chemin que Dieu vous a tracé.
Ayez confiance en lui ; il ne vous abandonnera pas dans ce moment difficile. » Bien qu'Angèle ressentît, elle aussi, une douleur bien amère de la conduite de son frère Emile, elle oubliait toutes ses peines pour apporter à Augustin les consolations dont il avait besoin, l'impiété d'Emile ayant achevé de
briser son pauvre cœur.

Ce jeune soldat avait écrit, cette année même 1801, qu'il
avait gagné en Egypte son épaulette de sous-lieutenant. Il venait de faire la campagne d'Italie, où il avait été nommé lieu-

tenant sur le champ de bataille de Marengo. Mais il avait
déclaré à sa famille, que les idées religieuses étaient peu con-
formes à la vie militaire, qu'il avait dû y renoncer, car elles
étaient bonnes à peine pour les femmes. Il avait aussi laissé à
entendre qu'il serait heureux de revoir bientôt son frère et sa
sœur qu'il aimait toujours tendrement.

Il arriva en effet quelques jours après, revêtu de son brillant
uniforme qu'il portait avec distinction. Il fut accueilli avec
bonheur par Augustin, et aussi par sa sœur qu'il eut peine à
reconnaître. Il n'avait que quelques jours à passer avec sa famille. Aussi, Augustin et Angèle en profitèrent-ils pour tenter
de le ramener au bien. Il entra dans une violente colère, leur
enjoignant de ne jamais lui parler de religion, et de le laisser
libre de vivre comme il l'entendrait ; il était en âge, disait-il, de
ne suivre que ses propres conseils. Quand il partit, il témoigna
à son frère et à sa sœur une véritable affection, ce qui ne l'empêcha pas de les laisser plongés dans la plus amère douleur.

Cependant, le moment approchait où Augustin devait prendre une décision relativement à son union avec la fille de M. P.
Il n'y avait plus que six mois avant le terme fixé. Il s'agissait
donc de consulter un homme expérimenté qui fût pour Augustin l'interprète de la volonté de Dieu. Bonaparte, alors
premier consul, avait signé, avec la cour de Rome, le concordat
qui avait réconcilié la France avec l'Eglise. Les séminaires, rétablis, voyaient affluer dans leur enceinte un grand nombre de
lévites, et à Paris, celui de Saint-Sulpice avait repris son ancien ascendant. M. Emery dont nous avons déjà parlé, supérieur général de la compagnie de Saint-Sulpice, était à la tête
de cette maison. Augustin, inspiré d'en haut, crut que ce saint
prêtre seul pourrait l'éclairer sur sa vocation. Il lui fit connaître
les moindres circonstances de sa vie, lui raconta ses malheurs,
ses sacrifices, et enfin l'amour dont son cœur était enflammé

pour la fille de M. P. Toutes les semaines, il s'entretenait
longuement avec son Directeur, répondant à toutes ses questions avec la plus grande franchise. Il s'étendit plus particulièrement sur ses rapports avec le saint abbé de G. que
M. Emery avait connu, et l'assura qu'il n'avait jamais eu de
doute sur sa vocation jusqu'au moment où l'amour était entré
dans son cœur, et qu'à partir de ce jour il n'avait plus
goûté de repos. Il lui fit connaître en outre qu'il n'avait pas
voulu prendre de décision, tant qu'il n'aurait pas connu parfaitement la volonté de Dieu.

M. Emery, avec cette intelligence des choses spirituelles qui
lui faisait lire au fond des consciences, examina pendant
plusieurs mois la vocation de son dirigé, et lui déclara qu'il eût
à rompre avec la famille P. et à renoncer pour toujours à l'a-
mour de Berthe : « N'ayez plus aucun doute, mon enfant, lui
dit le serviteur de Dieu. » Notre Seigneur a voulu vous faire
passer par cette dernière épreuve, afin de vous rendre plus digne de lui. S'il a permis que l'amour d'une créature perçât
votre cœur, c'est pour que vous sachiez guérir les plaies de vos
frères. Je vous dirai comme autrefois votre bon père l'abbé de
G., que vous êtes appelé à devenir le ministre du Seigneur, et à
remplir une noble mission. Dans quinze jours, l'engagement
que vous avez contracté avec M. P. ne vous retiendra plus ;
faites lui connaître que Dieu vous appelle à son service ; faites
aussi le bonheur de votre vertueuse sœur, en la conduisant
vous-même au pied du sanctuaire où elle mènera une vie sainte
en compagnie des épouses de Notre Seigneur Jésus-Christ, et
venez ensuite dans cette maison, où, retiré du monde, vous
achèverez votre éducation cléricale, et où vous serez élevé à la
plus haute dignité qu'il soit permis à l'homme d'atteindre.
Allez, mon enfant, et demeurez en paix. »

Augustin, le cœur soulagé, adora la profondeur des desseins

de Dieu, et le remercia de l'avoir éclairé sur la route qu'il devait suivre. Il s'empressa de porter cette bonne nouvelle à sa sœur, qui en versa des larmes de joie. Il écrivit à Emile pour l'informer qu'ils allaient lui et sa sœur quitter le monde pour se consacrer à Dieu.

Sans plus de retard, il se présenta chez M. P. et lui annonça ce que le bon Dieu exigeait de lui. « Je viens vous adresser mes remerciements pour tous les bienfaits dont vous m'avez comblé ; vous avez bien voulu m'honorer en me proposant la main de mademoiselle Berthe votre fille ; mon cœur s'était ouvert à son amour. Mais Dieu m'appelle à un genre de vie bien plus noble, bien plus élevé. Conformez-vous à sa sainte volonté, votre foi vous aidera à supporter le coup qui vous frappe, » et s'adressant à Berthe : « Ma chère amie, cessez d'aimer celui que Dieu destine à son service ; j'avais cru que notre divin maître aurait permis que je fusse votre époux pour faire votre bonheur, mais il en a décidé autrement. Que cette entrevue soit la dernière sur la terre, et si vous m'avez jamais aimé, sachez que c'est là haut que nous nous retrouverons un jour. » La jeune fille émue jusqu'aux larmes : « Que la sainte volonté de Dieu soit faite, répondit-elle, je vous aime, mon Augustin, et n'aimerai jamais que vous. Puisque Dieu vous appelle à la vie religieuse, c'est une preuve qu'il exige de moi le même genre de vie. Je serai fidèle à mon amour jusqu'au dernier jour de mon existence ici-bas, et dès demain je fuirai le monde, et m'enfermerai dans la solitude. » Elle prit la main du jeune homme, et la portant à ses lèvres : « Adieu, mon cher Augustin, adieu, nous nous réunirons un jour dans le sein de l'Éternel. » Et les jeunes gens unissant une derrière fois leurs regards les portèrent vers le ciel, leurs céleste patrie.

L'émotion de M. et madame P. fut à son comble ; avec leur foi ardente, ils reconnurent la volonté du Très-Haut, et firent à Dieu leur sacrifice. Le lendemain, ils conduisirent Berthe dans le lieu de sa retraite, et se séparèrent de leur chère enfant en adorant Dieu entre les mains de qui ils venaient de la remettre.

Quinze jours après, Augustin se disposait à partir avec sa sœur, qu'il allait conduire dans une abbaye de la Suisse, lorsqu'Emile, entrant brusquement dans l'appartement occupé par la modeste famille, reprocha amèrement à son frère la détermination qu'il avait prise. La vue des préparatifs de départ excita encore sa colère. Il proféra mille blasphèmes, et jura de ne plus jamais revoir son frère et sa sœur, s'ils persistaient dans leur résolution. N'ayant rien pu obtenir d'eux, il se retira précipitamment.

Augustin et Angèle pleurèrent longtemps ; mais ils mirent leur confiance en Dieu. Ils ne tardèrent pas à arriver au monastère, où l'aimable jeune fille devait passer sa vie dans la prière. La séparation fut cruelle, ils se tinrent embrassés pendant plus d'une heure, s'encouragèrent à vivre saintement et à prier sans cesse pour la conversion de leur frère, et se donnèrent rendez-vous dans le séjour de la gloire auprès de leurs parents.

Augustin revint à la hâte à Paris et entra au séminaire de Saint-Sulpice, heureux d'avoir quitté le monde pour lequel il n'était pas né. Quant à la bonne Gabrielle, elle demeura dans la maison de M. P. conservant précieusement le petit mobilier de ses enfants, en attendant qu'elle pût jusqu'à son dernier jour servir le fils de ses nobles maîtres.

III

LES SAINTS ORDRES

Augustin, dans le calme et la solitude du séminaire, repassa dans son esprit les derniers évènements qui avaient signalé sa retraite du monde. La douleur causée par la séparation de sa sœur bien-aimée, sa rupture avec Berthe, la conduite de son frère ; toutes ces pensées occasionèrent en lui un malaise qui aurait pu dégénérer en une maladie grave, s'il n'eût reçu les soins que réclamait son état. Le bonheur d'habiter dans cette maison, et d'être assuré de sa vocation sainte, le rétablit complétement, et en peu de temps, il oublia toutes ses peines antérieures pour ne plus penser qu'à sa consécration à Dieu. Le sacerdoce vers lequel il aspirait depuis sa jeunesse, et qu'il avait

cru un instant perdu pour lui à tout jamais, il le voyait maintenant de si près, qu'il ne songea plus qu'à s'y préparer dignement.

Bien que le séminaire de Saint-Sulpice réunît les sujets les
plus distingués de France et de l'étranger, sous le rapport de
l'intelligence, Augustin ne tarda pas à briller par ses talents
dans cette réunion d'esprits sérieux et instruits. Son ardeur au
travail devint une véritable passion. Ne comptant jamais sur sa
grande facilité, il étudiait sérieusement sans jamais perdre une
minute du temps consacré au travail. Les éminents professeurs
du séminaire s'aperçurent bientôt que M. Augustin de Valfleury
avait fait des études solides très approfondies dans la philosophie , aussi devint-il le meilleur théologiens du séminaire ;
l'écriture sainte avait pour lui un charme tout particulier. Il
l'étudia avec tant de soin qu'au sortir du séminaire, tous les
passages de l'Ancien Testament lui étaient familiers. Il connaissait surtout à fond le Nouveau Testament. Il avait compris
qu'un prêtre est incomplet, s'il n'a une connaissance parfaite des livres saints sans laquelle il est presqu'impossible
d'annoncer la parole de Dieu aux fidèles. Car le peuple, qui,
presque toujours, ne serait pas à même de comprendre les raisonnements serrés de la théologie, écoute plus facilement les
preuves tirées de l'Ecriture sainte, qui sont beaucoup plus à sa
portée et qui frappent davantage son intelligence.

Tous les jours, il consacrait quelques moments à l'étude de
l'histoire ecclésiastique et à la vie des saints. Comme il lisait
avec une grande facilité les meilleurs auteurs grecs et latins, il
puisait toujours dans les ouvrages des pères de l'Eglise la saine
doctrine. Les écrits de saint Bazile, de saint Jean Chrysostôme,
de saint Grégoire de Naziance, étaient toujours sur sa table de
travail. Il cultivait surtout avec la plus grande assiduité saint
Augustin, le grand théologien des premiers siècles de l'Eglise.

Il aimait passionément Bossuet pour la justesse de son raisonnement, sa science théologique, la majesté de son style, et la profondeur de ses pensées. Il s'accoutumait aussi à la controverse ainsi que cela se pratique au séminaire de Saint-Sulpice. Il donna ainsi les plus belles espérances pour 'e bien de l'Église de France, et en particulier pour le diocèse de Paris, auquel on tenta vainement de l'incorporer.

Si Augustin sut se placer au premier rang par ses talents et son intelligence, il devint aussi un modèle de piété et de régularité. Qu'il nous soit permis de raconter en peu de mots les vertus de ce jeune homme pendant son séjour au séminaire. Persuadé, dès son entrée dans cette sainte maison, que le ministre de Dieu, surtout à cette époque, ne devait pas seulement être bon, mais excellent, s'il voulait faire du bien aux âmes, et qu'il devait le plus possible ressembler au prêtre par excellence, à Notre Seigneur Jésus-Christ, il voulut renoncer pour toujours à sa propre volonté, et détruire en lui le vieil homme, afin de se rendre digne de son ministère.

Il s'ouvrit d'abord à son directeur le vénérable M. Émery, qui connaissait si bien déjà le fond de son âme, et qui le fit marcher à grands pas dans les voies de la perfection. Ses brillants succès auraient pu l'éblouir et exciter en lui des sentiments d'orgueil, mais il se croyait inférieur aux autres. Jamais on ne l'entendit parler de lui-même. Si parfois un confrère lui demandait quelques explications sur une question difficile, il les donnait avec une modestie qu'on ne pouvait se lasser d'admirer. Sachant combien la nature humaine est portée à l'orgueil, il était effrayé de ses succès, et craignait qu'ils ne fussent pour lui le démon de l'orgueil. Ainsi, après un succès remporté, il cherchait toujours une occasion de s'humilier. La dernière place était toujours celle qu'il affectionnait, et cela, sans aucune ostentation. Il se plaisait à remplir les fonctions les plus infimes, comme de balayer les chapelles, de servir à table, etc.

Sa fidélité à la règle était en quelque sorte poussée à l'excès, et au premier son de la cloche, il quittait tout pour se rendre aux occupations où la règle l'appelait, et souvent il lui est arrivé de laisser un mot, et même une lettre commencés. On comprend qu'une si grande fidélité au règlement dût attirer sur lui les grâces les plus abondantes, et faire de ce jeune homme un saint lévite. Jamais il ne proférait la moindre parole, dans le temps où le silence était prescrit par la règle, au risque de passer pour une âme timorée, aux yeux des moins fervents qui considéraient cette ponctualité rigoureuse comme quelque chose de peu d'importance. Quant à lui, il en jugeait tout autrement. Il savait que c'est par les petites choses que l'on arrive aux grandes, et que c'est par les petites vertus qu'on attire les grâces de Dieu, et que l'on parvient à la perfection.

Il s'appliqua, sous la conduite de son directeur, à devenir un homme d'oraison. Tous les matins, il se livrait à ce saint et salutaire exercice avec une ferveur peu commune. Tous ceux qui se trouvaient à ses côtés pendant l'oraison ne pouvaient le contempler sans admiration, et sans être portés à la piété. Ses yeux étaient modestement baissés, très-souvent fermés ; ses joues se coloraient d'une légère teinte de pourpre, qui indiquait tout ce qui se passait dans son cœur. Tel on le retrouvait dans ses visites au Saint-Sacrement. Que sa foi était vive, et son amour ardent !

Il ne faut pas croire cependant que sa fidélité à remplir les devoirs de son état fût toujours nourrie et soutenue par les douceurs d'une dévotion sensible. Très-souvent, au contraire, Dieu, pour l'éprouver, le laissait dans des sécheresses accablantes sous lesquelles une âme moins forte que la sienne eût mille fois succombé. Un jour il en fit l'aveu, avec larmes, à

l'un de ses confidents qui lui parlait des consolations dont il
était favorisé dans l'oraison.

La dévotion à la sainte Vierge que nous avons remarqué en
lui depuis son enfance, et qui avait toujours pris de nouvelles
proportions, trouve encore un aliment au séminaire de Saint-
Sulpice où la très-sainte Vierge Marie est honorée d'un culte
tout particulier. On peut dire qu'Augustin la regardait comme
sa mère. Il avait pour elle une dévotion si sensible, qu'il ne la
priait jamais, sans qu'on vît de grosses larmes couler de ses
paupières.

Il honorait aussi d'un culte spécial saint Joseph, saint Jean
le disciple bien-aimé de Notre Seigneur, et les patrons de la
jeunesse, dont il cherchait à imiter les vertus, saint Louis de
Gonzague et saint Stanislas Kostka. Augustin, nous le savons,
était doué d'une charité excessive ; aussi n'eut-on jamais à lui
faire le moindre reproche au sujet de ses rapports avec ses confrères. Toujours gai dans la conversation, toujours agréable, il
avait bien soin, au contraire, de s'effacer, laissant la parole à des
jeunes gens moins instruits que lui. Il était aimé de tous ses
confrères qui recherchaient avec empressement sa compagnie,
et il se formait toujours autour de lui un groupe nombreux.

A Saint-Sulpice, il est d'usage que chaque élève choisisse
parmi ses confrères un moniteur qui lui fasse remarquer ses
manquements à la règle. Augustin avait été choisi en cette qualité de moniteur par un grand nombre de séminariste. C'est
ainsi que l'on reconnaissait dans toute la communauté ses mérites et sa perfection. Quand un nouvel élève arrive dans la maison, M. le supérieur en désigne un ancien qui doit lui servir de
guide et l'installer dans sa petite cellule. La charité d'Augustin
était si connue, qu'on le désignait presque toujours pour remplir cette mission si délicate, d'introduire dans la solitude un
jeune homme qui vient du monde, et de l'accoutumer à la règle

un peu austère d'une maison religieuse. Augustin s'acquittait de cette fonction, quand elle lui était confié, avec un zèle admirable.

On lui donna aussi la charge d'aumônier des pauvres, qui consiste à distribuer aux pauvres tous les jours à midi, ce qui reste à la cuisine et à faire une instruction à ces braves gens pendant qu'ils recoivent la nourriture du corps. Il est, en outre, chargé de recueillir tout ce qui n'est pas à sa place au séminaire, tel que livres, effets, etc. On doit remettre dix centimes à l'aumônier pour rentrer en possession de chaque objet ainsi confisqué. Ce qui n'est pas réclamé après un délai fixé, est vendu au profit des pauvres. On aurait pu trouver un sujet plus capable de remplir cette charge qu'Augustin, dont la charité était inépuisable. Il multiplia les ressources, et on ne saurait énumérer toutes les petites ruses qu'il inventa pour grossir le trésor des pauvres.

C'est ainsi que notre héros, à l'ombre du sanctuaire, se disposait, par l'application à l'étude et par la pratique de toutes les vertus, à la réception des saints ordres. Dès la première année qu'il fut au séminaire, il fit le premier pas dans la cléricature en recevant la tonsure et le saint habit ecclésiastique. Pour lui, il se considéra, à partir de ce jour, comme irrévocablement consacré à Dieu. Plus il avançait dans la hiérarchie ecclésiastique, et plus aussi il faisait d'efforts sur lui-même pour arriver à la perfection. La sainte communion qu'il recevait une fois par semaine lors de son entrée à Saint-Sulpice, ne lui suffisait plus, il avait si faim de cette chair divine, qu'il ne pouvait passer plusieurs jours sans se nourrir du corps sacré de Notre Seigneur Jésus-Christ. Lorsqu'il se fut donné définitivement à Dieu au sous-diaconat, Augustin fut autorisé par son directeur à s'approcher tous les matins de la sainte table où il était inondé d'un torrent de délices.

Trois années se passèrent ainsi au Séminaire de Saint-Sulpice. Augustin avait reçu successivement la tonsure, les ordres
mineurs, le sous-diaconat et le diaconat, avec une émotion bien
digne de la préparation qu'il apportait à la réception des saints
ordres. Dans cet intervalle, il avait reçu une lettre de sa sœur,
l'informant de sa prise de voile, et lui demandant le secours de
ses prières. Augustin avait senti à cette nouvelle son cœur se
remplir d'une douce joie ; mais il ne put se défendre de penser
à la conduite de son malheureux frère qui perdait son âme, et
de gémir sur son sort.

A la fin de sa troisième année de séminaire, il reçut l'onction
sacerdotale, et écrivit à sa sœur une lettre dans laquelle il lui
dévoilait tout son cœur : « Bénissez Dieu, ma chère sœur, car
votre frère est, comme vous, consacré à son service. Me voilà
prêtre pour l'éternité ; moi, pauvre et misérable créature, j'ai
été élevé à la dignité que les anges eux-mêmes envient du haut
du ciel. Qu'ai-je donc fait pour mériter cette faveur ? Rien, je
ne suis qu'un pauvre pécheur accablé sous le poids de mes iniquités ; avant de recevoir le sacré sacerdoce, je m'y suis préparé
par une longue retraite. Enfin l'aurore du plus beau jour de ma
vie a paru. Qui comprendra ce que mon cœur a ressenti, lorsque j'ai été rempli de l'esprit saint qui a bien voulu descendre
en moi avec l'abondance de ses dons ? Je n'étais rien, et voilà
qu'en un instant je suis devenu le sacrificateur de la nouvelle
alliance, voilà que mes paroles ont reçu le pouvoir de faire descendre le Dieu tout-puissant sur l'autel, que mes faibles mains
peuvent distribuer le pain de vie, et que je puis remettre les
péchés à ceux qui ont eu le malheur d'offenser Dieu. Ce cierge
que je portais à l'offrande n'était-il pas l'image de ce que je
dois être dans l'église ? Oui, je suis un flambeau allumé, pour
éclairer les fidèles dans la foi, pour briller au milieu du monde.
Oh ! non, je ne suis que la mèche noire et fumeuse ; mais vous,

ô mon Dieu, vous êtes la cire pure et blanche. Entourez-moi bien fort, afin que je ne m'éteigne jamais, et que je ne cesse pendant tous les jours de ma vie de guider vos fidèles dans les sentiers de la vertu.

Ce matin, ma chère sœur, j'ai offert pour la première fois le saint sacrifice. Je ne puis redire les sentiments qui remplissaient mon âme, lorsqu'au moment de l'élévation, la majesté de Dieu est descendue sur l'autel, lorsque j'ai tenu dans mes mains mon Sauveur et mon Dieu. Je n'étais plus de la terre, mais je vivais au ciel. Si nos chers parents avaient pu contempler ce spectacle ! mais ils l'ont vu du plus haut des cieux, et ont été remplis d'allégresse. C'est à ce moment béni que j'ai offert à Dieu votre vie toute entière et votre salut éternel. Rassurez-vous, ma sœur, j'ai demandé au divin maître la conversion de notre frère. Que pouvait-il me refuser? Emile ne finira pas ses jours dans l'impiété, et nous aurons le bonheur de vivre avec lui dans la gloire de Dieu, après avoir fait le bien sur la terre. Je vous envoie ma bénédiction sacerdotale, la bénédiction d'un nouveau prêtre est précieuse, mais combien ne l'est-elle pas davantage quand elle vient d'un frère. »

Le voilà donc revêtu de la dignité de prêtre, ce saint jeune homme, qui a fait l'objet de ce récit. Il s'est montré digne de cette faveur du ciel. Nous dirons comment il a su faire le bien durant sa longue carrière, et diriger en pasteur vigilant, le troupeau que Dieu lui a confié.

IV

LE CURÉ DE VILLAGE

Avant la promotion d'Augustin aux Saints-Ordres, MM. les Directeurs du Séminaire de Saint-Sulpice, comptant qu'un prêtre de ce mérite ferait le plus grand bien dans la capitale, où il pourrait utiliser les dons qu'il avait reçus de la Providence, pensèrent sérieusement à l'attacher au Diocèse de Paris. Mais toutes les tentatives faites par eux, dans ce but, restèrent sans résultat. Lorsqu'il fut ordonné, un grand Vicaire de Mgr. l'archevêque de Paris fit, dans ce sens, une démarche auprès d'Augustin, alléguant qu'il ne devait pas enfouir dans un village des talents que Dieu lui avait donné évidemment pour exercer le saint ministère dans la grande ville, et combattre les ennemis de la religion, qui s'y trouvaient en grand nombre.

M. Emery avait d'abord partagé l'avis des professeurs, mais dès qu'Augustin lui eût découvert ce qu'il appelait son secret, c'est-à-dire tout son plan de campagne, il ne s'opposa plus à son départ et même il persuada à ses confrères qu'en retenant Augustin à Paris, on agirait contrairement à la volonté de Dieu.

Le jeune prêtre, quitta donc, non sans regrets, cette sainte maison, où il avait coulé des jours si paisibles, et où il avait reçu tant de grâces, ainsi que ses chers professeurs, et surtout celui qui l'avait si bien dirigé dans les voies de la perfection et préparé au sacerdoce. Il rendit aussi une visite d'adieu à M. P., et à ses anciens élèves qui venaient d'être reçus avocats. Gabrielle partit avec lui. Il avait écrit quelques jours auparavant à l'archevêque de Besançon, pour se mettre entièrement à sa disposition, M. Emery avait édifié déjà ce prélat sur le jeune prêtre qui allait enrichir son diocèse.

Il se rendit tout d'abord à Valfleury, où il fut reçu comme en triomphe, par cette population qui conservait un souvenir si vivace de ses anciens seigneurs, et surtout d'Augustin. Quelle ne fut pas la joie de ces bons campagnards, quand ils le revirent revêtu du saint habit religieux, et élevé à la sublime dignité de ministre de Dieu ? Augustin célébra une messe solennelle pour tous les habitants de ce lieu, qui, sans aucune exception, y assistèrent avec les marques de la dévotion la plus ardente. Ces fidèles chrétiens avaient été les premiers, dans tout le diocèse, à demander un pasteur après la crise révolutionnaire, et Dieu, pour les récompenser, leur avait envoyé un saint prêtre. Souvent Augustin avait écrit à son ami Isidore, et l'avait informé de ce qu'il devenait à Paris. Toutes ses lettres avaient été lues sur la place publique, et avaient causé, chaque fois, une profonde impression. C'est chez Isidore que le jeune ecclésiastique résida pendant son court séjour dans le pays de ses ancêtres. Il consola son ami de l'absence de son fils aîné, qui avait été contraint de suivre les armées. Ce jeune homme avait, par sa brillante conduite, gagné les galons de sous-officier ; mais lui, il avait su garder le dépôt de la foi, et vivre en chrétien au milieu des camps.

Augustin, tout en consolant Isidore, pensa à son frère, dont il n'avait plus reçu de nouvelles depuis trois ans. Etait-il mort au combat dans l'inimitié de Dieu ? Non, il ne le croyait pas ; car il avait été éclairé d'en haut ; il savait que Dieu convertirait son frère. Aussi, attendra-t-il toujours qu'il revienne, le cœur changé.

Augustin fit une visite au tombeau de ses parents, et y pria longtemps avec ferveur. Il fut heureux de constater que les bons villageois ne l'avaient pas abandonné, et qu'il n'avaient jamais cessé d'en connaître le chemin. Il célébra un service funèbres pour le repos de leurs âmes.

Désireux de ne pas perdre un temps si précieux, pour le salut du prochain, il prit congé de ses amis, promettant de revenir à Valfleury, toutes les fois que les travaux de son ministère le lui permettraient, et se dirigea du côté de Besançon. Il fut accueilli avec bienveillance par Mgr. l'archevêque, qui le nomma vicaire, dans une des plus importantes paroisses de Besançon.

Installé dans son poste, il fit paraître une grande supériorité sur tous ses confrères, tant par ses vertus que par ses talents. Dès le début, il sut, en chaire, fasciner tous les cœurs. Quand il devait annoncer la parole de Dieu, on accourait même des paroisses voisines pour l'entendre, et chaque fidèle, après ses sermons, s'en retournait meilleur. Ce fut surtout au confessionnal que ses succès tinrent du prodige. Jamais on n'avait vu un jeune prêtre réunir un aussi grand nombre de pénitents. Il savait diriger les âmes avec tant de douceur et d'expérience ! Nombreuses étaient les visites dans ses chaumières des pauvres, et au chevet des malades. Ses succès, ses talents, ses vertus et son zèle vraiment sacerdotal ne pouvaient manquer d'attirer sur lui les regards de l'autorité ecclésiastique. Ses supérieurs, après un an de vicariat, lui confièrent une mission des plus délicates et des plus difficiles. Le village de L... s'était distingué par son impiété durant les mauvais jours. Ses habitants avaient même fait périr leur pasteur de leurs propres mains. Le curé qu'on y avait envoyé depuis que la paix avait été rendue à l'Eglise, avait dû se retirer par suite des mauvais traitements dont il était accablé. Ce fut dans ce village qui comptait une population de plus de mille habitants qu'Augustin fut envoyé. Mgr l'archevêque, convaincu que ce jeune prêtre seul saurait ramener à Dieu cette ingrate population, lui signala tous les dangers auxquels il serait sans cesse exposé, et ne lui cacha pas la difficulté de sa mission ; mais rien n'arrêta l'intrépide jeune homme, qui, comptant sur le secours de Dieu et la protection de la très-sainte Vierge, partit le cœur content, muni de la bénédiction du prélat.

Un soir, vers huit heures, c'était au mois de mai, ou peu avant la tombée de la nuit, les habitants de L... virent arriver sur la grande route un ecclésiastique jeune, bien fait, le visage doux et aimable, saluant gracieusement tous ceux qu'il rencontrait. Dans le village, il devint l'objet de la curiosité générale. Plusieurs, disposés à l'insulter par ce motif seul qu'il portait une soutane, ne purent que garder le silence. A la vue de ce prêtre qui paraissait si jeune et si bon, les injures expirèrent sur leurs lèvres. Conduit auprès du maire, qui le reçut froidement, mais avec politesse, il lui présenta les lettres de l'archevêché qui l'autorisaient à exercer le ministère dans la paroisse et à prendre possession de la cure. Un des rares habitants du village restés fidèles à Dieu le pria de descendre dans sa demeure, et d'y séjourner jusqu'à ce que son installation fût effectuée. L'arrivée subite du jeune curé, ses manières polies, tout son extérieur, furent l'objet de toutes les conversations.

Augustin, qui croyait être accueilli par des insultes, augura bien de cette réception, quelque froide qu'elle fût, et en remercia Dieu intérieurement. Le lendemain, son modeste mobilier arriva avec la bonne Gabrielle qui plut à toutes les femmes du pays par son affabilité et une sorte de familiarité. Les quelques habitants de ce lieu qui avaient conservé la foi se hâtèrent de prêter leur concours au jeune prêtre pour son installation, qui fut bientôt faite.

Le dimanche suivant, il célébra la sainte Messe, à laquelle assistèrent presque tous les habitants. Il y eut peu d'abstentions ; on tenait à savoir ce que le nouveau curé dirait à ses paroissiens. Les méchants et les impies espéraient bien surprendre quelques paroles qui leur serviraient plus tard de prétexte pour le persécuter à leur aise et l'éloigner du pays. Ils ignoraient que le jeune prêtre n'était pas un homme vulgaire, mais qu'il était aussi habile que pieux et dévoué. Sa ferveur à l'autel commença à frapper tous les assistants. Sa voix claire et distincte qu'il maniait à volonté disposa tous les esprits en sa faveur. Mais là ne devait pas s'arrêter leur étonnement. L'abbé Augustin de Valfleury monte en chaire. Aussitôt tous les regards sont fixés sur lui ; chacun est attentif. A peine a-t-il élevé la voix avec cette éloquence digne des plus grandes chaires, que tous les assistants furent émerveillés. « Je viens au au milieu de vous, leur dit-il, pour être votre frère, et pour faire votre bien et votre bonheur. Votre vie désormais sera ma vie. Ne vous méprenez pas sur mes intentions. Je ne viens pas

ici pour forcer vos consciences. Dieu m'en garde ! Chacun sera
libre de venir à l'église et de fréquenter les sacrements. Qu'il
n'y ait pas de contrainte. Quelles que soient vos opinions, vous
aurez tous la même place dans mon cœur. Laissez-moi vous
faire connaître ici mon histoire ; et il leur raconta toutes les
circonstances de sa vie, et continuant son discours : « Avec le
temps nous apprendrons à nous connaître. Je vais continuer
le saint Sacrifice et demander à Dieu que la paix et la concorde
ne cessent jamais d'unir ce troupeau. Ma vie ne m'appartient
plus ; elle est à vous pour toujours ».

Il avait parlé pendant deux heures, et personne ne s'était
retiré, tant ses paroles avaient captivé l'attention générale.
Plus d'un revinrent à de meilleurs sentiments, et tous, on peut
le dire, conçurent une haute idée de leur pasteur, heureux de
posséder un curé si supérieur à tous ceux de la contrée.

Le succès avait été complet. Avec le temps et beaucoup de
prudence, Augustin pourra ramener à Dieu toute cette population. En homme habile, il sut attendre ; car la précipitation
eût tout perdu. Comme il tenait à connaître la disposition générale des esprits, il ne rendit sa première visite à chaque famille
que lorsqu'il se crut suffisamment éclairé sur ce point. Dans
certaines maisons, il fut reçu avec affabilité, dans d'autres avec
froideur, partout avec politesse. Cette première visite le ren-
seigna sur les opinions de chacun. Il saura donc désormais
comment il devra agir pour le plus grand bien de la population.
Les habitants, pour la plupart, ne fréquentaient jamais l'église,
et n'auraient pas fait le moindre sacrifice pour l'ornementation
du lieu saint. Aussi était-il dans un état de délabrement qui
faisait peine à voir. Le conseil municipal était fort mal composé
et peu disposé à seconder le curé. Quant à l'instituteur, cet
homme qui devrait toujours agir de concert avec le pasteur
pour le bien du troupeau, car ses fonctions se rattachent d'une

manière immédiate au sacerdoce, c'était, ce qui n'arrive, hélas ! que trop souvent, l'instrument fidèle et dévoué de ce conseil. Il faisait peu de cas de la religion, estimait qu'elle n'était pas nécessaire à l'éducation des enfants.

Tel était le triste état du pays à l'arrivée de M. Augustin de Valfleury, mais les choses allaient bientôt changer de face. Tout devait plier sous son zèle. Son premier soin fut de gagner le maire et les membres de son conseil ; tous gens ignorants qui ne purent résister à l'ascendant de ses mérites et de ses talents. Peu à peu, ils lui donnèrent toute leur confiance, grâce aux bonnes relations qu'il sut entretenir avec eux, à sa bonté, à la déférence qu'il leur montrait en toutes circonstances, ne faisant rien sans les consulter. L'instituteur qui, au fond, n'était pas un méchant homme, se rallia à son parti. Le jeune curé sut donc en peu de temps se concilier l'estime et même l'affection de tous. C'était un grand pas de fait. Les conversions ne devaient pas tarder à s'opérer. Il était impossible, en effet, que ces gens qui venaient d'abord à l'église dans l'intention unique d'entendre la parole si éloquente de leur pasteur, n'en fussent point touchés ; car, outre que ses raisonnements étaient solides et sans réplique, il avait le don de persuader. Sa parole commença l'œuvre de régénération ; ses vertus et sa charité firent le reste. Nous avons dit que son église était délabrée. Tout, en effet, tombait en décrépitude. Il demande au conseil quelques fonds pour acheter le strict nécessaire, tel que linge d'autel, etc. Ces crédits furent votés, et il y eut déjà un peu d'amélioration. Pour éviter des dépenses, Gabrielle s'occupa elle-même du blanchissage. Il y avait à peine deux ans qu'Augustin était titulaire de cette paroisse, et l'église était déjà bien ornée et dans un état convenable.

L'éducation de l'enfance occupait une large place dans les plans du bon pasteur. Il allait fréquemment à l'école, les interrogeait lui-même, et les excitait au travail, en donnant de petites récompenses aux plus sages et à ceux qui travaillaient le mieux. Les jours de congé, il les récréait dans son jardin, leur faisait des instructions religieuses et leur offrait un petit goûter. Ces enfants rentraient ensuite chez eux et ne manquaient pas de tout raconter à leurs parents. Ceux-ci aiment toujours quiconque témoigne de l'affection à leurs enfants et qui se dévoue pour eux. C'est ainsi qu'Augustin, avec un tact remarquable, pénétrait dans le cœur même de ses paroissiens.

Les jeunes gens furent l'objet de ses soins les plus assidus. Son presbytère était la maison de tous, et il aimait à recevoir ces bons campagnards et à serrer leurs mains calleuses. Pendant les grands travaux de la campagne, il allait au milieu des champs causer avec ces intrépides travailleurs, et les encourager. Plus d'une fois, on le vit leur prêter main forte. Cette familiarité plut tellement qu'on le voyait toujours arriver avec bonheur.

Il se rendait souvent aussi dans les chaumières, ne faisant exception de personne, s'asseyant à table auprès de ses amis et prenant part à leurs frugals repas. Les pauvres étaient ses intimes amis; il leur distribuait d'abondantes aumônes.

Quand il y avait quelque malade dans le village, il ne passait pas un jour sans le visiter.

Dieu bénissait ses efforts. Les conversions se multipliaient. La première année qu'il fut à L., sur une population qui comptait plus de mille habitants, il y eut à peine trente personnes qui firent la communion pascale. Dans ce nombre quelques hommes seulement; la seconde année, il y en eut plus de cent, et la cinquième année, presque tous firent la communion à Pâque, à l'exception de quelques récalcitrants, qui néanmoins avaient de leur curé la plus haute estime.

Il crut le moment venu de tout entreprendre et de tout oser

pour le bien de son troupeau. Chaque année, il préparait un
certain nombre d'enfants à la première communion. Il avait
soin de ne rien épargner pour donner le plus de pompe à cette
solennité. L'église était magnifiquement ornée. Il dépouillait
son jardin pour orner le sanctuaire. Ceux qui possédait des
arbustes rares les lui offraient pour les grandes fêtes, et il
célébrait les saints mystères au milieu des lauriers roses, des
grenadiers, des orangers, etc.

Il avait annoncé en chaire que le dimanche après les vêpres,
il réunirait chez lui les jeunes gens et tous les hommes du pays
qui voudraient bien l'honorer de leur présence. Ces sortes de
réunions se prolongeaient pendant deux heures. Il les ouvrait
par une petite conférence sur les vérités fondamentales de la
religion. Il faisait, après cela, un petit cours d'histoire et de
géographie à la portée de ses auditeurs. Le reste du temps
était employé à l'explication des principaux phénomènes de phy-
sique et de chimie que chacun doit connaître. Il leur donnait
aussi des notions d'histoire naturelle. Il savait aussi les instruire en les récréant. Ces réunions d'abord peu nombreuses,
furent plus fréquentées quand on sut ce qui s'y passait, et
bientôt on s'y porta en foule.

Ce pays, quelques années auparavant si impie, si rempli
d'ignorance, si méprisé des villages environnants, devint un
modèle de piété, un objet de d'estime pour la contrée, et tous
ses habitants furent parfaitement instruits de leur religion, de
leurs devoirs, et initiés aux premiers éléments des sciences.

Augustin, devenu l'âme de ce pays, en était, en quelque sorte,
l'arbitre. Il vidait tous les différents, et on ne faisait rien sans
recourir à lui.

La pompe des cérémonies ne lui suffisait encore pas. Habile
musicien, il mit à profit ce talent, et organisa un chœur des
meilleures voix qu'il pût rencontrer à L. M. le marquis de K.,

qui habitait le château avec sa famille, avait pour le jeune curé
une singulière vénération et lui offrit son concours pour l'orga-
nisation de cette musique. Il avait un harmonium qu'il fit
placer au lutrin, et conduisit lui-même l'instrument.

Aux offices on se serait cru dans une des églises de Paris,
tant pour le chant que pour l'éclat des cérémonies.

Un orphéon fut créé, et la plupart des jeunes gens en firent
partie ; leurs moments de loisir étaient pris par les nombreuses
répétitions. Il n'y avait donc plus de place pour l'oisiveté, pour
le cabaret. Toutes les heures étaient employées par des travaux
utiles. Le pays fut complétement transformé. Quel était donc
la cause de cet immense succès ? Il faut la rechercher dans la
fidélité d'Augustin à correspondre à la pratique des vertus
sacerdotales, dans ses jeûnes et ses prières. Il suivait, autant
qu'il le pouvait, le règlement de Saint-Sulpice. Tous les matins,
il se levait à cinq heures, se livrait pendant une heure à la
méditation, célébrant ensuite la sainte messe, et restant longtemps au pied de l'autel en actions de grâces. Il récitait l'office
divin avec la plus grande ferveur, et n'omettait jamais de réciter son chapelet en entier, et de visiter le Saint Sacrement.
Il propagea à L. la dévotion envers la sainte Vierge. Ses fêtes
furent célébrées avec une grande magnificence. Pendant le mois
qui lui est consacré, le digne pasteur avait établi un petit
office qui avait lieu tous les soirs en son honneur. L'église était
toujours remplie, et c'était admirable de voir cette population,
naguère si impie, venir, après une journée de labeur, s'agenouiller au pied de l'autel de Marie et se mettre sous la protection de cette bonne mère. M. le curé fonda encore une
association pour les jeunes filles, qui, après un temps suffisant
d'épreuves, étaient admises au nombre des enfants de Marie.
On chantait des cantiques à la louange de la mère de Dieu, de la
reine des anges et des vierges.

Que dire des rapports d'Augustin avec ses confrères du voisinage? Ils furent toujours excellents. Ces vénérables ecclésiastiques, sans porter envie à leur jeune ami, admiraient tout le bien qu'il faisait, et l'attribuait à ses hautes capacités, à ses vertus éminentes et à l'intelligence qu'il avait des choses de Dieu. Aussi lui donnèrent-ils une marque éclatante de leur estime et de leur vénération, en le choisissant presque tous pour confesseur. On vit de dignes prêtres, qui avaient blanchi dans le sacerdoce, confier le soin de leur âme à ce jeune serviteur de Dieu. Augustin rendait souvent visite à ses confrères. Il aimait à converser avec eux, et se trouvait toujours présent aux conférences de théologie qu'il éclairait de ses lumières. Mais il était si avare de son temps, qu'il n'assistait que très-rarement aux repas que tous les ecclésiastiques du canton prenaient quelquefois en commun. L'ascendant de la vertu est tel qu'on ne lui en sut jamais mauvais gré.

Cependant les ressources dont disposait le curé de L. pour l'ornementation de son église étaient si faibles, qu'elles ne pouvaient suffire aux besoins les plus impérieux. La commune n'avait que très-peu de revenus, dont la plus grande partie servait aux différents travaux d'utilité publique, tels que la réparation des fontaines, l'entretien des routes, etc. Souvent il avait recours pour l'église, pour l'école et aussi pour les pauvres, à la charité de ses paroissiens, qui lui venaient largement en aide. Il aurait bien voulu restaurer son église, et reconstruire le clocher qui tombait en ruines, mais cette entreprise n'étant humainement pas possible, il priait Dieu de lui envoyer des ressources.

Il y avait dix ans qu'il accomplissait son œuvre lorsqu'il reçut un matin une lettre de Paris. Elle lui était adressée par un notaire et lui annonçait que M. P., le père de ses anciens élèves,

venait de mourir en lui laissant trente-cinq mille francs, somme
qu'il avait destinée à la dot de sa fille, et dont le vénérable prêtre serait libre de disposer pour la plus grande gloire de Dieu.

Le dimanche suivant, Augustin fit connaître en chaire, à tous
les habitants reunis cette bonne nouvelle : « Mes frères, leur
dit-il, le bon Dieu a eu pitié de nous ; il vient de m'envoyer une
somme de trente-cinq mille francs. C'est un legs que me fait en
mourant un ami de mon père. Avec cette somme, nous pourrons
restaurer notre église. Un beau clocher s'élèvera au milieu de
notre village, et invitera le voyageur à venir prier dans notre
temple. Ce qui restera de cette petite fortune sera le patrimoine
des pauvres. »

Les villageois, en présence de cette générosité de leur bon
pasteur, ne surent comment le remercier. Les quelques hommes
qui ne s'étaient pas encore rendus, en furent tellement touchés
que le jour même ils renoncèrent à leur vie passée, et rentrè-
rent dans le sein de l'Église. Il n'y avait plus de brebis égarées.
Toutes étaient rentrées au bercail.

Aussitôt les travaux furent commencés. Chacun voulut apporter son petit secours. Le digne curé accompagnait les voituriers
qui allaient au loin chercher la pierre nécessaire, et rentrait
avec eux aux acclamations de la multitude. Six mois après, une
magnifique église refaite presque entièrement, et son beau clocher gothique attestaient qu'il y avait là une population vraiment
chrétienne et un pasteur béni de son troupeau.

MISÉRICORDE ET CHATIMENT

Dès que la réparation de l'église fut terminée, le bon curé, conformément à la promesse qu'il avait faite à ses paroissiens, se procura avec ce qui lui restait d'argent un titre de cinq cents francs. Cette somme sera repartie tous les ans, au commencement de la mauvaise saison à chaque famille pauvre de la localité pour l'habillement et l'entretien des enfants qui étaient dénués des choses les plus essentielles à la vie. Que de trésors ce saint prêtre n'amassait-il pas dans le ciel ! Il jouissait de

l'affection entière de ses paroissiens qui, tous s'étaient réconciliés avec Dieu; et cependant Augustin ne pouvait goûter le
bonheur. La pensée de son frère venait sans cesse ranimer ses
chagrins, et il attendait chaque jour qu'Emile revînt converti.
Souvent, le soir, au coucher du soleil, il gravissait une petite
colline dominant la route, pour voir s'il apercevrait le voyageur
tant désiré, et il rentrait bien triste dans son humble presbytère.

Il y avait dix ans que le saint prêtre avait restauré son église,
et qu'il conservait dans la foi la population convertie par ses
soins, et vingt années s'étaient écoulées depuis son arrivée dans
le pays où il menait une vie si sainte et si laborieuse, lorsque
revenant un soir d'été du chef-lieu de canton, et suivant la
grande route, occupé à la récitation de son Bréviaire, il passa
sur le pont de l'Oignon, rivière de Franche-Comté, qui se jette
dans la Saône. Il entend des cris plaintifs qui venaient de la rivière. Il regarde et aperçoit un homme qui se débat avec déses-
poir au milieu des flots. Au même instant, le bruit occasioné
par deux chevaux qui arrivent au galop retentit à ses oreilles ;
mais le temps presse ; il n'y a pas une minute à perdre. Le vénérable prêtre se précipite dans la rivière qu'une crue récente
avait changée en un torrent fougueux. Cet homme, qui allait
rendre le dernier soupir, se cramponne fortement au bras de
son libérateur, et paralyse ainsi tous ses mouvements. La lutte
est terrible, Augustin n'avance que lentement ; ses forces s'é-
puisent, il ne peut gagner la rive, et dans une seconde peut-
être il sera victime de son dévouement. A cette heure suprême,
il invoque le secours de Dieu ; il prie la sainte Vierge. A peine
a-t-il achevé sa prière qu'une main forte le saisit et dépose son
précieux fardeau sur la berge. Un autre homme avait aussi
sauvé le malheureux qui n'avait pas craint d'attenter à ses jours,
et que le vénérable curé n'avait pas hésité à secourir au péril

même de sa vie. Augustin avait complétement perdu l'usage de ses sens, à la suite de la lutte qu'il avait eu à soutenir.

Les deux malades furent immédiatement transportés au presbytère du village voisin, où les soins les plus assidus leur furent prodigués. Quatre personnes ne quittaient pas le lit du saint prêtre : le curé de l'endroit, un brillant colonel d'artillerie qui se rendait en mission et qui avait été témoin de la charité d'Augustin. C'était lui et son ordonnance qui arrivaient au galop au moment du sauvetage.

Les deux autres personnes, nous les connaissons de longue date : c'était Isidore et son fils qui venaient passer quelques jours auprès de leur cher Augustin, et qui se trouvaient à quelques pas derrière lui, lorsqu'il le virent se précipiter dans le torrent. Ils étaient accourus aussitôt et avaient été assez heureux pour l'arracher à une mort certaine.

Ils se réjouissaient à la pensée que leur vénérable ami était sauvé. Le colonel seul ne cessait de verser des larmes en se frappant la poitrine. Pourquoi cet officier supérieur, étranger à la contrée, montrait-il une douleur si vives? Pourquoi, malgré les instances réitérées du maître de la maison, et des deux amis d'Augustin, persistait-il à ne pas s'éloigner du chevet du malade? On le vit se précipiter aux pieds du saint prêtre, les inonder de ses pleurs, et les baiser avec amour. Quel était donc ce mystére? Quel était cet étrange personnage? On n'osa l'interroger, et on respecta sa douleur.

Dès qu'Augustin rouvrit les yeux, il aperçut l'officier. Aussitôt un cri s'échappe de sa poitrine; il vient de reconnaître son frère qui se jette dans ses bras. Cinq minutes se passèrent dans le plus religieux silence, sans que personne pût proférer la moindre parole. Emile raconta ensuite à son frère comment il s'était, par hasard, trouvé sur le pont, lorsqu'il vit l'acte de dévouement et de charité d'un prêtre qu'il ne connaissait pas, et comment, au même instant, il avait senti son âme se remuer. Il avait été tout-à-coup converti, et il se disposait à porter secours à l'homme de Dieu, lorsqu'il vit deux individus le précéder et sauver les deux victimes. « C'est alors, mon frère bien-aimé, que je vous reconnus, et à ce moment, je senti peser sur moi tout le poids de mes iniquités. La Providence me ménageait cette circonstance pour m'arracher de l'abîme dans lequel j'étais tombé. Mon frère, me pardonnez-vous? Le bon Dieu aura-t-il pitié de moi?

Augustin, serrant son frère contre son cœur, et adorant la miséricorde de Dieu, le rassura avec bonté, lui disant que notre Seigneur lui avait déjà pardonné ses péchés. Jamais les deux frères n'avaient été plus heureux. Ce qu'Augustin demandait à Dieu depuis tant d'années, il l'avait obtenu; son frère lui était rendu, non point impie, mais parfaitement chrétien, tout rempli d'horreur pour sa vie passée, à laquelle il renonçait pour toujours.

Cette joie s'accrut encore quand Augustin sut que ses sauveurs étaient Isidore et son fils : « Nul autre que vous, leur dit-il, en les embrassant, ne devait sauver de la mort celui pour qui vous vous êtes tant de fois sacrifiés. Rendons grâces à Dieu pour toutes les merveilles qu'il vient d'opérer. Je possède maintenant mon cher Émile, il est rentré dans l'amitié de Dieu, et Isidore ainsi que son fils mon ami, sont ici, venant de faire pour moi le plus grand sacrifice : que puis-je désirer de plus? Mon Dieu, merci mille fois, merci.

Le bon curé de L. fut rétabli après quelques jours de maladie, et il put rentrer dans sa paroisse à la grande joie des habitants, qui avaient prié avec ferveur pour sa conservation.

Ils firent le meilleur accueil au frère de leur curé, dont le superbe uniforme et le haut grade inspiraient le respect. Émile,

qui n'avait jamais goûté un bonheur égal à celui dont il jouissait depuis qu'il avait retrouvé avec son frère la paix de l'âme,
demanda et obtint un congé de trois mois.

De son côté, le propriétaire du château qui aimait singulièrement M. le curé, résolut, lorsqu'il connut parfaitement
Emile, de lui donner en mariage sa fille unique, la seule héri-
tière de son immense fortune, sachant qu'à défaut de richesses,
ce jeune officier possédait toutes les qualités d'un homme de
bien. Le mariage fut célébré avec pompe par Augustin, qui ne
cessait d'admirer en tout cela la miséricorde de Dieu à l'égard
de son frère.

Emile renonça définitivement à la brillante carrière où il
avait avancé si rapidement, grâce à son courage, pendant toutes
les guerres gigantesques de la république et de l'empire, afin de
se donner tout entier à la vie de famille auprès de son épouse
et de son frère à qui il devait, après Dieu, le bienfait d'une éducation chrétienne et celui de sa conversion.

Une année s'était écoulée depuis ces évènements, lorsque
mourut le marquis de K., son beau-père, lui laissant toute sa
fortune. Marchant sur les nobles traces de son frère, Emile, de
concert avec sa charitable épouse, consacra tous ses revenus au
soulagement des pauvres et à des œuvres de charité.

Heureux de pouvoir, après plus de vingt ans d'une vie agitée,
visiter le tombeau de ses parents, il partit avec sa famille et
Augustin un jour du mois de mai, par un temps splendide. Les
deux fils du comte de Valfleury arrivèrent le soir au berceau de
leur enfance. A la nouvelle de leur approche, toute la population, avec le bon curé qui la précédait, vint à leur rencontre,
leur donnant mille témoignages d'affection, et leur demandant
de ne pas abandonner pour toujours le pays de leurs aïeux. Le
digne pasteur les pressait de descendre dans son presbytère ;
mais ils ne purent refuser l'hospitalité si généreuse de la famille

d'Isidore, qui était devenue à tant de titres leur propre famille.
Grande fut la joie de ces braves gens qui avaient conservé la
plus vive reconnaissance pour leur bienfaiteur, et qui avaient
su leur en donner des marques éclatantes, en tant de circonstances périlleuses.

Augustin célébra le lendemain la sainte messe pour le repos
de l'âme de ses vertueux parents, et pour tous les fidèles dé-
funts du pays. Après cette cérémonie, on se rendit sur la tombe
du comte et de la comtesse où Augustin et son frère offrirent à
Dieu d'ardentes prières.

Emile fit restaurer à ses frais la petite église de Valfleury, et
on y déposa dans un caveau spécial les cendres de ses parents.
Pour satisfaire ensuite, tant aux vœux des habitants qu'au désir
de son cœur, il racheta le château de sa famille qu'il habita désormais pendant une partie de l'année, ne voulant pas quitter
définitivement son bon frère et son château de L.

Pendant le séjour des deux frères à Valfleury, on répandit
la nouvelle qu'un pauvre mendiant avait été vu à trois kilomè-
tres du village, étendu au bord du chemin, à la lisière du bois
et se tordant convulsivement sous l'étreinte de cruelles souffrances. Il avait conservé sa connaissance pleine et entière,
malgré les vers qui le rongeaient de toute part. Il ne cessait de
blasphémer, et personne n'osait l'approcher. — Augustin et
son frère partent sur le champ et arrivent à la hâte auprès du
moribond. Tout ce qu'on avait dit de son déplorable état,
n'était que l'exacte vérité. Le saint prêtre ne voyant que le salut
d'une âme, dompte la répugnance de la nature, et s'approche du
misérable et lui adresse quelques paroles de consolation. Le
moribond ne répond que par d'horribles blasphèmes. On le
place sur une civière et on le transporte au village. Emile donne
l'ordre de le conduire au château. On espérait que le calme re-
viendrait peu à peu dans son âme et qu'il écouterait plus vo-

lontiers la parole du prêtre. Mais quand ce misérable eut aperçu le clocher du village, et les portes du château qui s'ouvrait pour le recevoir, il se dressa sur son lit, sa chair tombait en lambeau : « De grâce, s'écria-t-il, épargnez-moi cette dernière humiliation. Je suis perdu pour toujours. Retirez-moi de ce lieu que j'ai souillé de mes crimes, et jetez loin d'ici mon corps, cette pourriture ; qu'il serve à la pâture des oiseaux de proie. Je suis Edouard de Valfleury. Le Dieu de mes pères, le Dieu de mon frère et de mes neveux, m'a condamné ; il me précipite dans l'abîme. » Et il retomba sur sa couche ; il avait cessé de vivre.

Terrible châtiment ! C'est ainsi que périssent dans l'impénitence finale tous les persécuteurs de l'église, et tous ceux qui, pendant les jours de la Terreur, ont trempé leur mains dans le sang innocent. Augustin et Emile versèrent des larmes sur le sort éternel de celui qui les touchait de si près. Reconnaissant la vengeance de Dieu à l'égard de ceux qui ont abusé de ses grâces, ils adorèrent ses décrets éternels.

Quant au traître Monnier, on sut qu'il périt misérablement, sans avoir donné une marque de repentir.

Augustin et son frère, de retour à L., s'aidèrent mutuellement à l'accomplissement du bien. Emile, désormais si pieux, si plein de zèle pour la gloire de Dieu, ne cessait de veiller à tous les besoins. Ses revenus étaient le patrimoine des pauvres, qui ne manquèrent jamais de rien tant qu'il vécut au milieu d'eux.

Deux ans après, le digne curé de L. reçut une lettre du monastère de V., lui annonçant que sa sœur Angèle venait de rendre à Dieu sa belle âme, qui s'était envolée au ciel sans efforts, et que ses dernières paroles avaient été pour ses deux frères Augustin et Emile.

Que la mort du juste est précieuse devant Dieu ! Les deux frères se remirent bientôt de leur première douleur, à la pensée que leur sœur bien-aimée, cette ange qui n'avait pas été faite pour la terre, était allée les précéder dans le ciel.

Emile vécut encore longtemps au milieu de la nombreuse famille que Dieu lui donna, et qu'il sut élever dans les principes de la foi et de la piété.

Isidore était allé recevoir dans le ciel la récompense de son zèle et de son dévouement, et avait légué à ses enfants l'exemple d'une vie pleine de mérites.

Quant à notre cher Augustin, sa conduite ne se démentit jamais. Il dirigea pendant dix années encore son fidèle troupeau qu'il édifia par la pratique des vertus les plus sublimes, et sa mort fut celle d'un saint.

FIN.

TABLE DES MATIÈRES

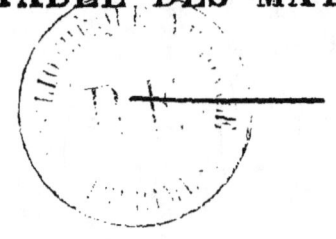

Iʳᵉ PARTIE. — Avant.

IIe PARTIE. — Pendant.

IIIe PARTIE. — Après.

LIMOGES. — IMPRIMERIE DE BARBOU FRÈRES.

www.ingramcontent.com/pod-product-compliance
Lightning Source LLC
Chambersburg PA
CBHW061447030726
47503CB00005B/1604